京都紅莊奇譚

卷二

在春季詛咒，愛情消逝

白川紺子——著　王華懋——譯

人物介紹

麻績澪

十六歲，長野的蠱師一族，就讀京都的高中。體質會招引邪靈，成長過程中，一直籠罩在無法活到二十歲的詛咒之中。職神是白狼雪丸與狸貓照手。

凪高良

京都的高中生，蠱師。職神為老虎於菟和烏鴉。

麻績漣

大澪兩歲的堂兄。時刻都在為澪擔心。職神是兩頭狼，凮和朧。

忌部朝次郎

在京都一乘寺經營公寓「紅莊」。麻績家的親戚。

忌部玉青

朝次郎的妻子，負責照顧房客生活起居。

麻生田八尋

住在「紅莊」的蠱師。職神爲白狐。

和邇青海

蠱師一族，負責照顧高良。

目次

壺法師

○○○

壺法師

澪有時會做夢。

黑色的蜃影搖曳著逼近澪。蜃影膨脹，發出刺耳的笑聲。是從小就不知道夢見過多少次、讓她飽受驚嚇的邪靈的夢。

『妳活不到二十歲。』

詛咒的話語伴隨著焦臭味充斥整顆腦袋。這若是現實，澪可以立刻逃開，然而在夢裡，腳卻黏在了地上，動彈不得。

她總是再也承受不住而醒來，可是到了最近，夢中開始出現一名少年。少年一現身，黑色的蜃影便消散無蹤。少年──凪高良擁有見過一次就再也忘不了的俊美容顏。而他，就是糾纏著澪的詛咒元凶。

現身夢中的高良，總是露出宛如被寒雨淋得濕透的神情。

每回澪見狀，都忍不住想要伸出手去。邪靈已然消失，另一種痛苦卻侵襲了心胸。

在夢裡，高良對澪說：

──如果妳想要解開詛咒，只有一個方法。

——就是妳親手殺了我。

「澪，這個星期天要不要一起出去玩？」

放學前的班會結束，澪正收拾東西準備回家，小倉茉奈出聲叫住她。茉奈是澪轉學到這所高中後第一個交到的朋友。

「不好意思，星期天我要幫忙我叔叔的工作。」

「是那個當祈禱師還是靈媒的叔叔嗎？」

「嗯，唔……差不多。」

正確地說，是「蟲師」，以祓除邪靈爲業的人。澪出生的麻績家也是蟲師一族。

「那春假有辦法一起玩嗎？」

「春假沒問題。」

「那我們一起去賞花吧！」

茉奈明朗地笑道，澪向她點點頭，離開教室。時間過得很快，從長野搬來京都，已經半年過去了。馬上就要放春假了。

走出校舍，初春的風吹拂著澪的一頭烏黑長髮。雖然很冷，但不是隆冬的那種凍寒。春天來得比故鄉麻績村更早，也許是因為這樣，澪的情緒也有些飛揚。她並不是討厭冬天，但不知為何，春天的到來，總是會讓心頭也好似跟著明亮、溫暖起來。

但澪輕盈的步伐，也只維持到搭上公車前一刻。有東西抓住了她的腳。低頭一看，漆黑的蜃影從車底下伸出來，纏繞住澪的腳踝。那團蜃影一眨眼就變成了蒼白多筋的手，指頭深深地掐進腳踝裡。一張瘦到分辨不出是男是女的臉從車體下探出，充血的眼睛瞪著她。嘴巴大張，但裡頭就像個漆黑的窟窿。

「雪丸。」

澪小聲喃喃。一隻小白狼不知從何現身，低吼了一聲。光是這樣，邪靈便煙消霧散了。澪衝上階梯上了公車。車子裡乘客不少，但不到人擠人的地步，澪立刻抓住附近的扶手。

每天運載著許多人的公車和電車，會沾附各種東西。澪的體質天生就容易招引邪靈，若是在密室裡遇到它們，就會飽受折磨，但現在有雪丸陪著她，讓人安心。

雪丸是澪的職神——據說正確來說是神使。職神是蠱師祓除邪靈不可或缺的重要搭檔。

死靈、詛咒、怨恨、惡氣聚積之處——這些邪惡的事物，蠱師統稱爲邪靈。

邪靈會糾纏澪，對她吐出詛咒的言詞，削弱她的力量。澪自小就經常發燒病倒。活不到二十歲，是她已被寫就的宿命。

但爲了破除這個詛咒，澪從長野來到了京都。她不想死，也不想要只是惶惶不可終日地屈指計算死前的歲月。

所以澪來到了京都——破除詛咒的關鍵凪高良所在的京都。

澪下了公車，登上平緩的坡道。前方就是山。澪寄宿的公寓，在一乘寺這裡，也離山很近，環境清幽，綠意盎然，但坡道卻教人不敢領教。雖然對於缺乏體力的澪來說，或許是一項很好的運動。

走進巷弄裡，紅色的山茶花從老舊的木板圍牆探出頭來。繼續前進，出現一座宛如寺院山門的大門，陳舊的招牌上以墨字寫著「紅莊」二字。是澪寄宿的公寓。

紅莊名符其實，一片紅艷。並非建築物本身是紅色的，而是各處種植的花草樹木，一年四季綻放著紅花、紅葉，或是結出鮮紅色的果實。現在正值山茶花盛開的時節，怒放著鮮紅到深紅、暗紅等各種不同的紅花。

「我回來了。」澪招呼著進入玄關，屋內深處的廚房傳來回應：「妳回來了。」是玉青的聲音。紅莊是由忌部玉青和丈夫朝次郎一同經營。

澪探頭看了看廚房，玉青在深靛色的紬織和服上套了日式圍裙，正忙著張羅晚餐，因此澪沒有打擾她，繼續經過走廊。玉青忙起來的時候，跟她攀談相當可怕。

起居間那裡，八尋正拿坐墊當枕頭窩在榻榻米上，正在看書。個子修長的他躺在和室裡，老實說很礙事。玉青也常這麼罵他。麻生田八尋也是這裡的房客，同時也是蠱師。

紅莊是專收蠱師的公寓。玉青和朝次郎夫妻所屬的忌部家，以及八尋的麻生田家都是蠱師的家系，相當於麻績的親戚。各家的根據地，忌部在京都、麻生田在三重、麻績在長野。

「妳回來啦。小澪，妳們還沒放春假嗎？」

「還沒。我之前不是說過了嗎？」

「忘記了嘛。」

八尋搔著頭坐起來。他穿著看起來很溫暖的馬海毛毛衣，下身是燈芯絨褲，但配色是淡米色與白色，十分春天。

「妳說要幫忙我這次的工作，有辦法嗎？」

「星期天沒問題。」

「啊，對喔，是星期天嘛。」

澪對茉奈說的「叔叔」，指的就是八尋。

「麻生田叔叔才是沒問題嗎？不會記錯日子吧？」

「我才不會記錯呢。蟲師不是休週末，所以常常忘記星期幾嘛。」

頭髮被壓亂的八尋輕浮地笑道。澪只是滿心不安。

「麻生田叔叔有好好寫進記事本嗎？每次工作都寫進行事曆比較好吧？」

「妳也太一板一眼了吧。對了，妳來幫我管理行程怎麼樣？妳是我徒弟嘛。」

「也是可以啦……」

澪拜八尋為師。是澪請八尋收她為徒弟的。

「但就算我來管理，如果麻生田叔叔還是忘記，就沒有意義了，要自己留意喔。」

「這麼囉唆，妳眞是愈來愈像漣了。」

澪聽了大皺眉頭。漣是澪的堂哥。

「我跟他才不像。」

八尋笑了：

「家人都是愈討厭的地方愈相像啦。」

「……」

漣因爲一些理由，在戶籍上是澪的堂哥，但實際上是親哥哥。如果是漣，這種時候應該會對似乎與老家有些過節的八尋頂嘴：「那，八尋叔叔也是像到家人討厭的地方嗎？」

「漣考上大學了不是嗎？差不多要搬過來了吧？」

「他說正在準備。大概下星期就會搬來了吧。」

「這裡也要變熱鬧了呢。」

「囉唆的人又要多一個了。」

八尋哈哈笑了幾聲，再次躺下。他閉上眼睛，一副準備小睡的樣子，澪連忙問他忘了問的事：

「麻生田叔叔，星期天要拜訪的人家，委託內容是什麼？」

「驅邪。」

「當然是驅邪啦。」

澪想知道的是詳細內容。

八尋睜開眼睛：

「對方說想要我幫忙祓除『杓文字[1]大人』。」

「杓文字大人？」

澪的腦中浮現的，是盛飯時用的那種杓子。

結果不是飯杓。眼前的東西是一個壺。或許應該說是甕，整體呈飴糖色，尺寸頗大，看起來像是會拿去醃梅子用的壺。

「這東西不知道從什麼時候就在家裡了。據說是古時候我家祖先救了上門賣藝討賞的人，對方送給我們家當做謝禮的。家父生前每天都會祭拜它，說它是黑柿家的守護神。」

以低沉囁嚅的聲音如此說明的，是該戶戶主黑柿成一。聽說他五十二歲，但也許是疲態盡現，看上去像六十歲。據說是八尋的恩師認識的人，是透過恩師委託的。

星期天一到，澪和八尋一早就來到位於衣笠的委託人家。衣笠在京都西北邊，衣笠山的山腳下。衣笠山自古便是名勝景點，也是天皇陵寢的所在地。這個地區也有許多如金閣寺和龍安寺的古剎，也有私立大學的校地，黑柿家悄然隱身於其間的傳統住宅區當中。據說興建於昭和初期的這棟宅子，雖然不大，卻是和洋折衷，十分雅致，然而卻顯得陰暗莫名。明明採光不差，看起來卻像沉浸在暮色之中。

那種陰暗，愈是深入屋內，便越發顯著，成一領他們過去的和室壁龕最為嚴重。擺放在壁龕裡的，就是那個叫「杓文字大人」的壺。

澪一邊聆聽成一說明，眼睛卻無法從壺身上移開。

壺後方的黑影極濃，隱隱然透出一股焦臭味。就如同邪靈現身時那樣。

「一直到我曾祖父那一代，家裡都在賣木綿、生絲那些，生意做得很

註

1：日文的「杓文字」即「飯杓」之意。

大，事業也蒸蒸日上，但聽說後來就每況愈下了……這房子也是，以前土地更大，除了這裡以外還有別的房子，但每回生意失敗，就賣掉一些，現在就只剩下這裡了。到了家父那一代，家道中落到了底，他這個人毫無毅力，卻比別人更要貪婪……」

成一說，他的父親日夜祭拜杓文字大人，看到什麼新的生意就沾一下，兩三下就膩了不幹了，又跑去做別的生意。雖然也有大賺的時候，但實際上是一點一滴坐吃山空。

「大概半年前，家父在安養院過世時，家裡已經沒什麼像樣的財產了。這房子也得快點賣掉才行。」

成一的母親受夠了那樣的丈夫，離家不知所終，成一也從高中就住校，大學畢業後在東京找到工作，婚後幾乎不曾返鄉。

「可是……」

成一的視線差點就要轉向壁龕，又連忙拉回來。

「您說因爲有『杓文字大人』，所以不好把房子賣掉？」

八尋替他說完。成一嚥了嚥口水，點了點頭：

「其實……家母和我與其說是受夠了家父而離家，更是因爲害怕才逃走的。」

澪定睛細看壺後的黑影。她在提防那影子會動起來，化成蜃影發動攻擊。然而影子只是濃稠得詭異，靜靜地待在原處。

「家父只要做生意，或多或少都會賺錢。可怕的是，只要生意順利，家裡就一定會有人受傷或生病。像是車禍骨折、胃潰瘍，有小皮肉傷，也有嚴重的事故。最後一根稻草是舍妹。」

「原來您有妹妹？」

「她已經死了。」

簡單的一句話，讓八尋和澪都倒抽了一口氣。

「有一次家父在高點脫手股票，大賺了一筆。緊接著沒多久……當時讀小學的舍妹就在學校泳池溺死了。」

當時明明是冬天——成一咬牙擠出聲音。

「後來家母就離家出走了。她叫我爸把壺丟了，兩人大吵一架。我也怕了起來，考上有宿舍的高中，再也沒有回家。」

「您和令堂都認爲是那個壺害的，這有什麼根據嗎？」

「以前……」成一以朦朧的目光看向壁龕，避免聚焦在壺上。「壁龕那裡布置得就像座祭壇。木台子上蓋了塊白布，擺上壺，插了一堆……那是叫御幣嗎？神社的神主手裡揮的那種夾著許多白紙的木棒子，還擺了堆積如山來路不明的符咒。家父就坐在那前面，一大清早就對著它跪拜，額頭貼在榻榻米上，嘴裡唸唸有詞：請讓我發大財、請讓我發大財……。看了眞是恐怖到了極點……」

成一的臉皺成了一團，彷彿一陣欲嘔。

「雖然根據就只有這樣而已。」

「這樣啊。」八尋只應了這麼一聲，搔了搔頭。「從您的描述來看，這個壺雖然會讓令尊賺錢，代價卻是讓家人遇到災難，是嗎？」

澪望向壺，皺起眉頭。她之所以感到不舒服，不是因爲覺得壺很可怕，而是明知家人會遇到禍害，卻仍跪拜祈求發大財的成一的父親讓她感到嫌惡。

「令尊都沒事嗎？沒有受傷或生病那些？」

「我還在家的時候，他人生龍活虎的。雖然聽說晚年酒喝太多，搞壞身體了。」

成一的口氣彷彿不干己事。

「令祖父那一代怎麼樣呢？如果是世代相傳的珍貴之物，或許從以前就……」

「家祖父和家祖母在我懂事以前就過世了，所以我並沒有直接聽說，但只要看看牌位和墓碑，就知道死了多少人、幾歲就死了。」

壁龕旁邊有個大佛壇。壇門關著，看不出裡面有多少牌位。成一看向那裡：

「死了很多小孩。」

「唔，以前——」

「成年的小孩也一樣。」

「………」

「雖然只有江戶時代後期以後的紀錄。聽說江戶時代，京都發生過兩次大火災，紀錄好像都在那些火災燒掉了。」

「是寶永和天明的大火災[2]嗎？聽說天明大火那一次，京都有八成以上的房舍都燒光了。」

八尋對這些歷史事件很清楚。八成不就是幾乎全部了嗎？——澪驚訝萬分。

「那麼，黑柿家的第一代，最起碼也能追溯到那以前囉？」

「嗯。家父很自豪，說我們家一直從鎌倉時代延續到現代，但我覺得這是在吹牛。因爲也不是一直都做一樣的生意，所以根本不知道什麼淵源、來歷。」

「唔……」八尋輕聲低吟，瞄了壁龕一眼。

「那個壺的年紀，確實不只江戶時代呢。」他喃喃道，站了起來，沒有走近壺，而是在它前面坐下。八尋的穿著多半休閒，但今天也許是來工作的關係，在嫩綠色的襯衫上套了件原色夾克。澪則是以方便活動爲優先，穿了黑色高領針織衫配工作褲。頭髮也在後頸紮成了馬尾。

八尋口中喃喃自語著，頭也不回，向澪招了招手。

「咦？什麼事？」

「過來一下。」

——不要。

澪反射性地想。不想靠近那個壺。她就是如此排斥。

——但也不能這麼任性。

自己必須加強實力才行。祓除邪靈的實力。不能感到畏怯。

註

2：寶永年間的大火發生在寶永五年（一七〇八）三月八日，天明大火則發生在天明八年（一七八八）一月三十日。

澪起身，提心吊膽地走到八尋旁邊坐下來。八尋向成一介紹澪是他的助手，可能是蠱師這個職業特殊，又或是成一的心思都被壺的問題占滿了，並沒有起疑的樣子。

壁龕的木材用的一定是上好木料，卻因爲蒙塵而顯得黯淡。不，看起來黯淡，是因爲盤踞在這一隅的暗影之故嗎？擺放在正中央的壺因釉藥而呈現飴糖色，一片陰翳之中，只有那裡幽幽浮現出來。它後方的影子變得更深濃了。澪戒備著它是否要發動攻擊了，但影子一動不動。澪定睛觀察。怎麼回事？爲什麼不動？澪手扶在榻榻米上，身體前探，察看壺的後方。爲什麼影子這麼深……？

澪忍不住猛然倒抽一口氣。

她看見一雙赤腳。皮包骨的腳上，是泛黃變色的長長趾甲，腳趾蜷縮成一團。應該是男人的腳，穿著黑衣，感覺像僧侶穿的法衣。男子從後方緊緊地抱著壺頭往另一側傾斜，因此看不到臉。枯枝般的手指牢牢地揪住壺身。手上的指甲也和腳趾一樣長，處處皸裂。明明沒有仔細察看，卻連這些細節都一清二楚。

——影子深濃，是這東西的緣故。

男子的黑影與壺的陰影重疊在一起。

手被猝然一拉，澪從壺旁邊離開了。是八尋把她拉開了。

「麻、麻生田叔……」

八尋只是輕輕點頭，不發一語。澪想，最好不要現在說出來，把話嚥了回去。

八尋重新轉向成一：

「來歷不明的東西，也不能隨便被除，我們今天會先回去。」

「咦……！」

成一的表情變得絕望。八尋搖搖手要他放心：

「回去之後我們會進行調查。在不清楚底細的情況下貿然動手，可能反而讓狀況惡化。黑柿先生也是，如果您想起關於這個壺或家裡的任何事，請連絡我。」

「好……可是……」成一一臉蒼白地垂下了頭。

「就您所說的，如果代價是家人的不幸，只要不對它許願，就不會有事吧。」

「這樣啊……」不安的成一依舊面無人色，視線飄移。「我還有妻子和女兒，我很擔心她們會不會受到傷害。」

「我會努力盡快處理。」

八尋的口吻很謹慎。走出黑柿家大門後，八尋才一臉吃不消地埋怨：

「有個和尚呢。」

「眞討厭哪。」

澪自然地放低了音量，因爲她覺得會被剛才看見的**那東西**聽見。

「那東西好討厭吶。感覺很不妙。本來還以爲是詛咒那類……」

「不清楚嗎？」

「不確定那個邪靈就是詛咒的源頭，還是被詛咒引來的單純的邪靈。」

「喔……」

「如果是前者，把它祓除就沒事了，但後者的話，就算祓除邪靈，詛咒還是在，還會反彈到我身上。最糟糕的情況，會害死我自己。」

澪沉默了。破除詛咒，就是如此困難的事。

「所以蠱師才會步步爲營。」八尋搔了搔頭。「妳看到壺裡面了嗎？」

「沒有。」澪搖搖頭。「麻生田叔叔看到了嗎？」

「看到了。」八尋一手摀住了嘴巴。「裡面塞滿了人。」

澪板起了臉。

「不妙的不光是那個壺而已。黑柿家好像是從鎌倉時代延續至今的世家呢。就算中間經歷過戰亂和大火，但還是會留下一些關於來歷的說法吧。然而卻對那個壺一無所知，實在讓人難以釋然。」

八尋回望黑柿家。

「總之，我去黑柿家的菩提寺[3]打聽一下。小澪，妳呢？」

「我當然要一起去。」

「妳身體沒問題嗎？」

「沒問題。」澪起勁地點點頭。澪經常遭遇邪靈攻擊而身體不適，但剛才沒有被攻擊。感覺那個邪靈也像是對澪毫無興趣。

「那就好。萬一妳怎麼了，我又要挨玉青嫂的罵了。」

八尋對玉青俯首帖耳。不光是八尋，玉青的丈夫朝次郎和澪也是如此。

「那，我們走吧。」

澪正要跟上邁出步子的八尋，忽然停住了腳。回頭仰望，民宅屋頂上停著一隻烏鴉。

——那是……

澪盯著不放，於是烏鴉展翅不知飛往何處了。

黑柿家的菩提寺就在附近。住持把寺務幾乎都交給兒子，自己是半退休狀態，他把八尋和澪請到住家的廊台，卻不願多說。

「黑柿家那裡啊，嗯，跟咱們往來也不算深……」

身穿作務衣的住持沐浴在初春和煦的陽光下說。他睏倦地眨著眼睛。

「但黑柿家是你們寺院的檀家[4]，總不可能什麼都不知道吧？」

八尋就像老相識一樣坐在住持旁邊，不是正襟危坐，腳隨意擺放。

「成一先生說，死了很多小孩。」

住持沉默了。

「住持知道那個壺嗎？」

「……那壺就鄭重其事地祭祀在佛壇旁邊，去誦經的時候，不想看也會看到。」

住持嘆了口氣，開口說：

「黑柿家因爲祭祀著那個壺，所以跟寺院這裡，也只是形式上打交道而已。畢竟就算拜壺，還是需要墓地。總不可能在自家庭院蓋墳頭嘛。」

註3：菩提寺是家族墓地所在的寺院，葬禮和法事都會委託該寺院。

註4：檀家是皈依並接濟特定寺院的俗家。江戶時代，幕府實施「檀家制度」，藉此管理全國人民，其影響留存現今。

「因爲黑柿家經常死人嗎？」

住持以那雙睏倦的眼睛看著庭院的松樹，是一棵枝葉繁茂的松樹。

「是啊，所以生了很多孩子。」

「咦？」

「……昇一先生這麼說過。昇一就是成一的父親。」

——太可怕了。

澪默默聆聽兩人說話，內心想道。

「住持聽說過那個壺是怎麼去到黑柿家的嗎？」

「每年盂蘭盆會誦棚經[5]，或是法事去到他們家，昇一先生都要跟我說上一遍，我當然知道。是他們祖先熱心救助旅途中病倒的上門賣藝討賞的人，對方送給他們家致謝的東西吧？」

「這件事我也聽說過，但究竟是眞是假，實在難說呢。」

「是啊。至少昇一先生這麼相信。他說都是祖先做了好事，可驕傲了。」

澪微微歪頭，喃喃道：「可是很大呢。」

「咦？」八尋和住持同時轉頭看她。

「哦，那個壺不是很大嗎？如果是當成謝禮，表示是帶在身上吧？這實在有點難想像……」

八尋交抱起手臂，沉思起來：

「被妳這麼一說，確實如此。」

「傳說嘛，都是這樣的。」住持不以為意。「每次去黑柿家誦經，都會讓我累倒。因為佛壇旁邊就擺著那個壺，誦經期間，會一直覺得被壓得喘不過氣。如果成一決定要把那個壺丟掉，那就太好了。七七法事以後，我不著痕跡地提了一下，但當時他好像猶豫不決。」

註 5：日本人在盂蘭盆會期間，會在佛壇前設置精靈棚祭祀祖先，並供奉牌位和季節蔬果等，並請僧侶至棚前誦經，即為棚經。

「是這樣嗎？」

「噯，再怎麼說，總是父親的遺物嘛。」

會因爲這樣而捨不得嗎？澪納悶。明明成一看起來打從心底厭惡父親。住持說他只知道這些了，因此八尋和澪決定告辭。住持送兩人到山門，懷念地提到「以前還有更多蠱師呢」。

「記得到我祖父那一代，都還跟蠱師有往來。好像是姓忌部的蠱師。」

「哦。」

八尋點了點頭。聽說京都的蠱師是以忌部氏爲中心，不過現在已經式微了。玉青和朝次郎也是忌部氏的一員。

「如果順利給那個壺驅了邪，告訴我一聲吧。我一直對它放心不下。」

「沒問題。」八尋和澪辭別了寺院。

八尋把車停在黑柿家附近的投幣式停車場，因此兩人往那裡走去，澪仰頭東張西望。民宅林立的這一帶人影稀疏，十分閒靜。偶爾傳來鴿子或雀鳥的啼叫聲，並有清風徐拂。天空晴朗，但呈現朦朧的淡藍，就像罩了一層霧。四下掃視，也沒看見那隻烏鴉。

「走路看前面，小心跌倒。」

這麼說的八尋自己交抱著手臂，似乎正邊走邊想事情。

「救助遇難的旅人，做爲回報，得到幸福，這是常有的民間傳說情節……」

「是這樣嗎？」

「救助的旅人其實是神明，是這種來訪神的故事形式。所以聽起來才會那麼假，感覺摻雜了謊言。」

「如果是假的，會怎麼樣？」

「唔……」

忽然間，澪覺得聽見了鳥的振翅聲，赫然停下腳步。

「怎麼啦？看妳從剛才就心神不寧的。」

「那個，我有點事，我們可以在這裡先道別嗎？」

「不行不行。放妳一個人四處遊蕩，我又要被玉青嫂罵了。」

澪來到京都以後，有陣子每次單獨出門都會受傷，因此玉青交代她外出時一定都要有監護人陪同。

「那，我可以叫他來嗎？」

「叫他來？叫誰？」

「就……」澪轉向後方。「千年蠱。」

巷弄轉角出現一名少年。少年穿著制服，身形修長，相貌俊美得超脫塵俗，讓人看過一眼就忘不了。是凪高良。漆黑的頭髮光澤亮麗，眼神則冷若冰霜，滿含憂愁。他總是宛如一顆凍結的冬季寒星。

「嗚！」八尋發出怪叫聲，後退了幾步，平時優哉游哉的表情閃過一陣緊張。「千年蠱。」八尋呻吟地喃喃道。

凪高良是蠱師。他比澪大一歲，是高二生，但眞實身分其實是在遙遠的古代中國因詛咒而製造出來的蠱物「千年蠱」，已經重生了無數次。據說千年蠱會帶來災禍，對蠱師來說是天敵，但即使打倒他，也只會讓他再次重生，因此現在蠱師對他是以警戒代替消滅。

高良朝前伸手。他的手上停著一隻烏鴉，是澪剛才看到的烏鴉。

「辛苦了。」

高良說，烏鴉頓時消失無蹤。那是他的職神。以前高良說過，他派他的職神烏鴉監視著澪。所以澪看到那隻烏鴉時，相信那一定就是高良的職神。

「我就猜你在附近。」

澪說，高良惡狠狠地瞪了她一眼：

「別以爲我總是呼之即來。」

「可是你就來了啊。」

高良怫然不悅。他擔心澪的安危，派烏鴉監視，而且澪一有狀況，他就不由自主要趕過來。不過說是因爲擔心澪，卻也有些不同。更精確地說，是因爲澪是過去千年蠱所愛的女子重生後的樣貌。

那名女子是遙遠的白鳳時代的人，是麻績一族的祖先麻績王的女兒，多氣王女。多氣王女也不斷地重生，因爲這是千年蠱對她施下的詛咒。千年蠱中了計，相信多氣王女背叛了她，而對她下了詛咒——不管重生多少次，都會在二十歲以前被邪靈吃掉，失去性命。

——如果妳想要解開詛咒，只有一個方法。

高良這麼告訴澪。

——就是妳親手殺了我。

祓除千年蠱，將其消滅。他說這是解開詛咒唯一的方法，高良也想要擺脫自身的詛咒。澪決定要斬斷這宛如永劫無間的輪迴般的詛咒。所以她必須修鍊出更強——強到足以祓除千年蠱的力量才行。

區區壺的小詛咒，她必須可以輕鬆祓除才行。

「如果你知道，告訴我吧。」

澪請求說。

「黑柿家那個詛咒的壺，祭拜它，就會讓人賺大錢，但代價是讓家人遇到不幸。關於那個壺，你有什麼線索嗎？」

千年蠱重生過無數次，但多半都以京都爲據點。因爲京都這片土地有著悠久歷史的堆疊，是邪靈容易聚集的盆地。千年蠱以邪靈爲糧食，因此特別喜歡京都。

所以澪認爲千年蟲或許也見過、聽說過那個壺。澪本身完全沒有生前的記憶，但高良似乎全部記得。

「我不曉得什麼壺。別以爲我無所不知。」

高良厭煩地說。每回他對澪伸出援手，都一副厭煩不耐的樣子。

「我也不覺得你無所不知……但想說詛咒的話，你會知道。」

「我不知道。」高良又說了一次。「在以前，詛咒遍地都是。」

這話未免太誇張了吧？澪心想，但她不知道高良說的「以前」是多久以前的事，因此搞不好是眞的。

「那個壺有和尚的邪靈附在上面。」

「和尚？什麼宗派的？」

「我怎麼會知道啦？」

澪看向八尋。八尋對高良似乎有些提防，但仍以平常的態度說：「那個和尚沒穿袈裟。」

「那也不曉得是不是眞的和尚吧。以前滿街都是假和尚、假巫女。」

「你說的『以前』是多以前啊？平安時代嗎？」

高良冷哼一聲，就像在嘲笑澪：

「妳眞是無知。那類人從街上消失，不過是最近的事而已。」

「少騙了。」

「不，他說的是眞的。」八尋開口。「一直到戰後，街上都還可以零星看到浪跡全國的民間宗教人士，現在應該還是有吧。像是願人和尚、熊野比丘尼、淡島願人……啊！」

八尋拍了一下手：

「對嘛，是願人和尚嗎？」

「那是什麼？」

「這類人的名稱和種類五花八門，像是大步和尚、快嘴和尚[6]，但簡而言之，是一種乞丐。他們打扮成和尚，上門乞討，唱唱祭文，賣賣符咒，表演一些才藝。歌舞伎裡面也有這種角色。」

「上門乞討……」

「對吧？黑柿家流傳的說法，說那個壺是祖先救助的乞丐和尚送給他們家的。那個像和尚的邪靈，是不是就是他們祖先救的乞丐和尚？」

「可是，」澪不解地歪頭。「這樣不是有點奇怪嗎？那個壺是爲了感謝救助而送給人家的，附在那上面做什麼呢？」

「所以啦，我剛才不是說了嗎？那件事聽起來很假，其中一定摻雜了謊言。」

「謊言？哪些是假的？」

「那不是人家給的謝禮，是他們搶了人家的東西吧。不是救了人家，而是殺了對方。」

註 6：大步和尚（すたすた坊主）和快嘴和尚（ちょんがれ坊主）都是江戸時代的乞討和尚。前者原文形容快步、大步行走之意，出自其唱詞，後者名稱亦出於其特有的唱詞。

整件事突然變得可怕起來。

「這是常有的事。行旅的和尚身上有很多盤纏，所以殺人取財，結果因此遭到作祟。」

「……可是，這一樣聽起來滿假的啊？」

八尋張著嘴巴定住了。他搔了搔頭：

「唔……也是。可是，如果要說的話……」

「啊，等一下！」

這話不是對八尋說的。眼見高良默默就要離開，澪連忙叫住他。

高良回頭。

「謝謝你！」

雖然不知道是在謝他現身，還是給了他們線索，總之澪想要向他道謝。

高良一臉索然，只說：

「妳不是要祓除我？那就拚了命做到。」

「……明明之前我只是想跟邪靈沾上關係，就擔心地衝過來阻止……」

先前澪遭到邪靈攻擊，高良便會忽然現身搭救，或是澪想要祓除詛咒，他就出面制止。然而現在卻叫她「拚了命做到」。看來他的想法也變過了。

「我悟出阻止妳也沒用了。我不做白費力氣的事。」

高良說，輕笑了一下。

澪直盯著他的臉看，覺得他身上陰鬱的氣息似乎比以前淡薄了幾分。高良很快就收起了笑，轉身背對。他就這樣彎進巷弄，消失不見了。

「他比我想像的更有人味。」

八尋看著高良消失的方向，低聲說道。

「我還以爲他更不像人。雖然那張臉俊秀得不像人啦。如果說他是個普通的高中生，看起來也的確是。——那是和邇學園的制服呢。」

「咦？什麼學園？」

高良身上的制服款式相當特別，水藍色襯衫配深棕色長褲，中間是深藍色的開襟衫。

「和邇。上高野的完全中學，是大津的學校法人旗下的學校。」

「上高野在……」

「修學院的更北邊。」

修學院在紅莊所在的一乘寺的北邊。它的更北邊，在市內也算是非常偏北了。離市中心相當遠。

「去八瀨會經過呢。」

「沒錯。」

八瀨是高良的住家所在地，在遠離人跡的山中。

「和邇從以前就一直是千年蟲的援助者。」

「援助者？有這種人？」

「當然有啦。就算是千年蟲，只要活在人世間，就不可能單靠自己一個人的力量活下去。」

是這樣的嗎？澪納悶。

「你說『從以前』，是多久以前？」

「所以就是『一直』啊。從白鳳、天武時代就是了。」

「咦……！」

「說到和邇，是古代的大豪族。他們果然到現在都還是和千年蠱牽扯在一起吶。雖然我早就聽說了。小澪，妳說妳要祓除千年蠱，但是有和邇牽涉其中，這事肯定很麻煩。」

「麻煩……？」

會有什麼麻煩？澪感到訝異，也一起看向高良離去的巷弄轉角。落在路旁的影子仍帶著冬季的凜冽，但陽光已充滿了春季的和煦。

星期天的校園裡，迴盪著努力投入社團活動的學生的吆喝聲。和邇學園的理念之一是文武雙全，因此社團活動相當興盛。這天到校的學生當中，如果有人經過後門附近，一定會看見一輛陌生的高級車駛入校內，並目擊到車子裡走出一名令人驚艷的美少年。

那是凪高良。他的身後跟著一名年約二十五歲、有著一頭亮澤栗髮的黑西裝青年。

「青海。」

高良面朝前方，呼喚身後的青年。

「是，有何吩咐？」

「我想調查一件事。」

青海色素淡薄的眼睛浮現訝異的神色，但還是問：「什麼事呢？」

「衣笠有一戶姓黑柿的人家。」

「黑柿嗎……？」

「靠著和邇的人脈，可以輕易查到那一家的來歷背景吧？」

「我馬上辦。」

青海從西裝胸袋取出手機，迅速操作。青海是和邇的族人，負責照顧高良的身邊大小事。坦白說，高良覺得很煩，但青海機靈又能幹，十分管用。不會廢話也是他的優點。

兩人經過校舍旁邊，進入校園深處。那裡有一區被籬笆圍繞，學生和教師平時都不會進入，青海打開大門門鎖，讓高良進去。這一區有移建過來的明治時代的建築物，過去曾是和邇家的住宅，角落有間茶室。青海領著高良過去那裡。

「伯父已經帶著委託人在裡面等了。」

「好。」

青海的伯父，是和邇學園的理事長。他就是高良的援助者。他為高良提供了八瀨的房屋，安排生活基礎，並仲介蠱術的委託人。委託人都是財政界的大人物，藉由仲介，和邇可以和他們建立起更牢固的連結。不論任何時代，高良心想。

──不論任何時代，和邇幹的事都一樣。

而高良──千年蠱幹的事也都一樣。

這樣的一成不變，高良早已厭倦。他疲憊不堪，覺得都快腐爛了。他祈禱索性腐爛消失算了，但就連祈禱，他都已經厭倦了。

一名少女的身姿掠過高良的腦海。回想起澪一臉拚命、滔滔不絕地訴說她想斬斷詛咒的輪迴、想要得到祓除高良的力量的模樣，感覺沉在心底的重錨似乎浮起了一些。

只有那麼一些些。

這可能會變成自己的救贖，讓他感到害怕、痛苦。因爲每回重生，他都一再地感受到同樣的一絲救贖，然後又失去一切。

但即便如此，高良依然身不由己地要抓住這一絲微光。

回到紅莊時，朝次郎正在做披薩。

朝次郎從以前就熱衷於做麵包，星期天的早餐都一定是他烘烤的麵包，但最近似乎迷上了做披薩。

「他這人迷什麼就很迷，但三分鐘熱度，很快又會迷上新東西了。」

朝次郎的妻子玉青這麼說。玉青四十多歲，朝次郎六十多歲，兩人年紀相差頗大。沒有人知道兩人是如何相戀的，只知道他們都是忌部的分家。

不管玉青在旁邊說什麼，朝次郎都默默地自顧自爲披薩麵皮抹上番茄醬。就好像傳統老師傅。

「那是瑪格麗特披薩嗎？我想吃魩仔魚披薩。有魩仔魚和起司的。」

八尋任性地點餐。「那你去買魩仔魚。」玉青說，八尋可能嫌懶，說：

「下次好了。」

等待披薩出爐的期間，眾人移師到起居間。因爲早晚氣溫仍低，玉青又怕冷，暖桌到現在都還沒有收起來。

「黑柿家？」

玉青反問，從熱水壺倒水到茶壺。八尋問兩人知不知道黑柿家。

「好像有聽過……是嗎？」

玉青轉問朝次郎。

「是不是祭祀叫什麼的神的人家？」

朝次郎交抱著手臂，盯著半空中，似在回想。聲音和氣質都很滄桑的朝次郎露出這種表情，都會讓濤覺得很像電影中的一幕。

「只稍微聽人提過而已。這些事在蠱師之間，自然就會傳開來。」

「是所謂的蛇有蛇道呢。」八尋說。

「那戶人家後來不是絕後了嗎？家人四散。祭祀來路不明的神明的人家，多半都是這種下場。」

「是家人四散沒錯，但兒子回來了。因爲父親過世了，所以委託說想要把父親祭祀的壺處理掉。」

「處理啊。這很難吧。」

「很難嗎？」

「那種東西沾染了太多東西，特別棘手。不用說，要祓除也很困難。我的意思是，本人很難放下。」

「本人……是指黑柿先生嗎？可是，是對方說想要處理掉的耶？」

「有時事到臨頭，會反悔說還是不要祓除了。」

「爲什麼？」澪出聲問。

朝次郎轉向澪說：

「因爲人是貪婪的生物啊。」

澪不明白。看看八尋，他兩邊嘴角撇了下來。

「那樣就麻煩了吶。就算手續費照收……」

「什麼意思？」

「那個壺會帶來財富。黑柿先生有可能會覺得放掉它還是太可惜。」

澪瞪大了眼睛。這怎麼可能？

「可是它不是會害到家人嗎？黑柿先生也是害怕這樣，才會想要把壺處理掉吧？他對他父親也那樣充滿責怪，不可能捨不得的。」

「嗯，是啊。但願如此……」

八尋神情憂鬱。澪也不安起來。

——以結果來說，朝次郎猜錯了，卻也是正中紅心。

不，實際上要更糟糕。

深夜時分，紅莊電話鈴聲大作。

澪半睡半醒地聽著那鈴聲。她完全清醒過來時，朝次郎已經接起了電話。寂靜的暗夜裡，隱約傳來低沉的應答聲。澪掀起被子出去走廊，地板冷得令人顫抖。玉青躡手躡腳地跑了過來。

「怎麼了嗎？」

「黑柿先生打電話來。找八尋。說很緊急。」

玉青語速飛快地說完，拉開八尋房間的門：「八尋，起來，找你的電話。」

電話響成那樣，八尋卻似乎沒被吵醒。在玉青催促下出來走廊的他一身休閒衫，頂著尚未清醒的呆滯表情走了過去。頭髮亂得可怕。澪也跟了上去，前往電話所在的廚房。

「是、是……欸？……」

八尋拿起話筒，人靠在牆上，敷衍地應聲。他搔著頭，懶散地說「好，我盡量努力」，放下了話筒。同時打了個大哈欠。

「黑柿先生說什麼？」

不只是澪，連玉青和朝次郎也在一旁等八尋講完電話。八尋難得憤憤地啐了一聲說「受不了」。

「那個蠢蛋，早就許願了。」

「咦？」澪反問，但玉青和朝次郎交換恍然的眼神，「啊～」了一聲。

「他在委託祓除之前就許了願，打算得到財富之後就把它給除掉。以為這樣就可以不必付出代價。」

黑柿成一砸了一大筆錢賭賽馬，拜了那個壺，結果贏得了鉅款。這好像是昨天的事。但他說剛才有車子衝進東京的住家，妻子和女兒都被撞成了重傷。

『都是因為你沒有馬上祓除！』——八尋說，成一在電話裡如此責備。他說如果八尋早早把壺給祓除乾淨，他的妻子和女兒就不會出事了。

澪啞口無言。難以置信。成一看起來不像會賭博的人，而且還那樣輕蔑沉迷於那個壺的父親，卻怎麼會做出一樣的傻事來？不，他以為只要找人來祓除就不會有事了嗎？那豈不是比父親更狡猾、更愚蠢？

玉青和朝次郎只是搖頭，彷彿心死。他們是習慣了嗎？這是常有的事嗎？

「他說既然事情都發生了，叫我盡快祓除。眞想撒手不管了。雖然也不能這樣啦。」

八尋睏倦地靠在牆上，嘆了一口氣。

「不能不管嗎？」

「沒辦法。蟲師就是這樣的。一旦撒手，就再也沒辦法祓除邪靈了。妳要記住。」

澪沉默了。八尋伸手拍了拍她的肩膀：

「所以判斷很重要。如果覺得自己應付不了，從一開始就不碰。做不到的事就是做不到。但一旦判斷自己辦得到，接下委託，不管對方是怎樣的人，都要救人救到底。得有這樣的覺悟才行。」

原來是這樣，澪心想。她一直覺得不管是八尋還是朝次郎，都非常果斷。是因爲非果斷不可。做不到的事就是做不到。做得到的，就要做到底。就這麼單純。

「黑柿先生說壺裡傳出聲音。說昨天以前都沒有。是向它許願，就會傳出聲音嗎？」

「是怎樣的聲音？」

「鏘鎯鎯的，很像攪動銅板的聲音。」

——攪動銅板……

這天晚上，即使再次回到被窩，澪也難以入睡。腦袋裡似乎有攪動銅板的鏘鎯鎯聲作響著。

隔天早上，澪睡意朦朧地離開紅莊去上學。

早上黑柿成一再次來電。聽說是來懇求的。『昨晚我一時驚慌，抱歉說了許多冒犯的話，請千萬要救救我。』成一說他要搭一早的新幹線回東京，趕去妻子和女兒送醫的醫院。八尋會趁這段期間設法袚除壺的邪靈。澪雖然牽掛不下，但玉青說學業優先，她只得百般不願地離開了紅莊。

澪憋著哈欠前往公車站，發現一輛車子停在去路的十字路口前方。澪對車子不在行，但仍看得出那輛車子很高級。一名黑西裝青年從駕駛座下來了。青年身材高䠷，有著一頭筆直的栗色頭髮，眼神清爽，長相帥俊。年約二十五左右，氣質沉穩。

澪停下腳步。因爲青年朝她走了過來。他的手上拿著一個大文件袋。

「麻績澪同學。」

青年毫不猶豫地叫了她的名字。咬字清晰、聲音嘹亮。澪沒有應話，退了一步。突然被陌生男子叫名字，任誰都會內心警鈴大作吧。

「我叫和邇青海。高良大人要我把這個交給您。」

——高良大人？

澪呆掉了，看著遞出文件袋的青年。自稱和邇青海的青年默默等待澪接下紙袋。澪在催促之下收下了東西。這是什麼？

「請問，這是——」

「我送您去學校，請上車吧。我會在路上說明。」

青海沒有半句廢話，也因此有著不容辯駁的氣勢。這到底是怎麼回事？

澪納悶著，從青海打開的副駕駛座車門上了車。他是高良的部下嗎？高良有部下嗎？記得八尋說過，和邇是千年蠱的援助者……

「你是和邇學園的人嗎？」

澪在往前駛去的車中這麼問，青海簡短地回應「不是」。

「那……」

「我奉命照顧高良大人。」

「喔……」

高良需要人照顧嗎……？澪想著，取出文件袋裡的東西。好像是地圖，古地圖。是將大型古地圖影印之後拼貼而成的東西。

「那是鎌倉時代的京都地圖。」青海看著前方說明。「是我向某戶世家借來影印的。」

「喔……」澪一頭霧水。爲什麼要給她這種東西？澪看向青海的側臉。他的側臉秀麗得宛如雕像。青海看也不看澪，繼續說下去：

「上面有當時的黑柿家。」

「咦？」

澪連忙看地圖，尋找衣笠一帶，卻找不到黑柿家三個字。

「不在現在的地方。當時是在七條。」

「七條……」

澪折疊地圖，讓七條來到正面，以手指沿著七條大道由西向東滑過去，指頭在途中停住了。找到了。是現在的七條西洞院一帶嗎？上面有「黑柿家」三個字，右上方註記「土倉」。那一帶還有其他的「土倉」二字。

「土倉？」

「土倉就是放債的。有時也寫成『土藏』。」

——放債的。

「那個時代，七條一帶有許多土倉，非常繁榮。他們得到神社寺院的神人或寄人這類身分——神人、寄人是從事神社寺院雜役的人，簡而言之，就是在神社寺院的庇護下做生意。也有些人身爲僧人，卻向人放高利貸。」

青海簡潔扼要地說明。

「僧人……和尚放高利貸嗎？」

「沒錯。這些人以前似乎叫做『藏法師』。」

攪動銅板的鏘鎯鎯聲響在澪的腦中響起，同時浮現緊抱住壺不放的和尚身姿。

澪忍不住揚聲：

「停車——不對，載我回去！」

聽到澪突然這麼說，青海也沒有吃驚的反應，打了方向燈，變更車道。

「載您回去紅莊就行了嗎？」

「對。」澪點點頭。她知道了。那根本不是什麼被殺害的乞討和尚的邪靈。

澪道了謝，下了車，直奔紅莊。

「小澪？妳不是去上學——」

澪打斷玉青的話，問：「麻生田叔叔呢？」

「在盥洗室刷牙。」

澪跑到盥洗室。鏡中倒映出睡眼惺忪地刷牙的八尋。澪朝著鏡子打開地圖。

「小澪，怎麼了？那地圖是什麼？妳不是去上學了？」

「聽說這是鎌倉時代的地圖。上面有黑柿家，說是土倉。」

八尋把牙刷插在嘴巴裡回頭，目不轉睛地看著地圖。

「土倉就是放債的，對吧？聽說也有些和尚會幹這一行——」

「那是從哪裡拿到的？」

「巫——高良給我的。是他的代理人拿給我的。」

高良的眞名是「巫陽」。是他變成千年蠱以前的生前的名字。但不知怎地，澪不想對高良以外的人叫這個名字。

「千年蠱啊？這樣喔……」

「和邇的人說，是從世家借來影印的。」

「哦，原來如此，是和邇的門路啊。……等我一下。」

八尋漱口洗臉，邊拿毛巾擦臉邊說「是藏法師吶」。

「附在那個壺上的和尚，不是上門乞討的願人和尚，而是放高利貸的藏法師，是吧？」

澪點點頭，說：

「我認爲附在壺上的不是被殺害的乞討和尚，而是黑柿家的祖先。銅板鏘鎯鎯作響的聲音，是藏法師在數錢的聲音。」

「這樣的話，會是怎樣？跟賣藝行乞的人那些沒有關係嗎？」

八尋拿著毛巾陷入沉思。這時朝次郎探頭出聲：

「八尋，關於黑柿家的那個神……」

「嗯，杓文字（SYAMOJI）大人。」

「對，就是那個。以前聽到時我也想過，那會不會本來是『SYOMOJI』？」

——SYOMOJI？

比飯杓更莫名其妙，澪大惑不解。但八尋「啊」了一聲：

「SYOMOJI——是唱門師嗎！」

「什麼是唱門師？」

「唱門師也是上門賣藝乞討的一種，也是下級陰陽師。」

「陰陽師。」

「是詛咒。那是唱門師對黑柿家施下的詛咒。」

八尋把毛巾扔進洗衣籃，衝出盥洗室。「小澪，咱們去黑柿家！」

「黑柿家祖先救助的乞討和尚送了壺做爲謝禮，這應該是眞的。」

八尋一邊開車前往黑柿家，一邊說道。

「可能是唱門師送給黑柿家，聲稱是會帶來財富的壺。放高利貸的黑柿家祖先十分感激，非常珍惜——完全不知道那是被詛咒的壺。」

「唱門師爲什麼要給他們那種壺……？」

澪在副駕駛座問。因爲沒空換衣服，她還穿著制服。

「理由不清楚，但既然是放高利貸的，肯定招了許多恨吧。然後有人拜託唱門師去詛咒黑柿家。八成是這樣吧。」

「……」

有人委託詛咒，有人幫忙詛咒，有人受到詛咒。

——在以前，詛咒遍地都是。

高良的話在耳中響起。這也是那遍地都是的詛咒之一嗎？

「要是不知道這些，只祓除那個和尚，詛咒會反彈回來，害死我自己。千鈞一髮啊。」

「……那個藏法師——黑柿家的祖先，怎麼會附在那個壺上呢？」

「唔……」八尋低吟了一聲。「這是我的猜測，那是不是利欲薰心了？」

「利欲薰心？」

「死後仍緊抱著錢不放——放不下那個壺製造出來的錢。」

澪感到背脊發涼。

抵達黑柿家時，即使在晨光之中，那棟屋子依然顯得陰暗。聽說成一沒有鎖門，好像是叫八尋自行入內祓除。打開玄關門，屋子明明有採光窗，卻陰影濃重、一片陰寒。兩人進入屋內，朝深處的和室前進。走廊被踩出吱呀聲響，愈是前進，陰暗和冰冷就愈濃烈。澪摩挲手臂。走在前方的八尋停下了腳步。澪聽到聲響，也收住了腳。鏘鎯鎯刺耳的這聲音——

是在壺裡攪動銅板的聲音。

八尋再次邁出步伐，打開和室的紙門。聲音停了。壁龕一如先前，擺著那個壺。正當澪這麼想，壺一個晃動，倒了下來，滾過榻榻米。澪全身一顫，往後退去。壺口對著這裡停住了。壺裡一片漆黑。不，黑暗中有東西在蠕動。「鏘鎯」一聲，壺裡吐出一枚古錢幣。緊接著驀地伸出一隻手，就像要追上那錢似的。澪屏住了呼吸。如果不這麼做，她就要尖叫出來了。她用雙手摀住了嘴巴。枯枝般的手抓住古錢幣，縮回壺中的黑暗裡。鏘鎯鎯、鏘鎯鎯——聲音依稀作響。壺身左右搖晃。

——嗚嗚……嗚嗚……

低沉的呻吟響起。是從壺裡傳出來的。壺中的黑暗倏然浮現痛苦扭曲的臉又消失。臉隨現隨滅，每一張都不同。也有小孩子的臉。有哭聲。澪好想閉上眼睛，卻連眼皮都控制不了。

啪！一道乾燥的聲響，澪驚訝地吸了一口氣。身體能動了。是八尋拍手的聲音。呻吟停止，壺不再搖晃，也沒有臉浮現了。八尋走進和室，隨手抓起壺，在榻榻米上擺正。

八尋從口袋裡掏出一樣東西。看上去像小刀，一端繫著麻繩。八尋拿著它，在壺前坐下來。他俯視著壺，喃喃：「不在呢。」

「咦？」

瞬間，一樣黑色的東西竄過榻榻米上。澪倒抽一口氣。只見八尋迅速跪起單膝，小刀插進榻榻米。一道風呼嘯般的慘叫聲響徹四下，一團黑色的蜃影被刀子釘在了榻榻米上。蜃影變成了僧人的模樣，刀子就插在他的手上。

「村雨。」

八尋喚道，一隻白色的野獸憑空現身。是狐狸。澪知道八尋有白狐職神「松風」，但這隻叫「村雨」的白狐她第一次看到。

「上！」

一聲令下，村雨一躍而起，凌空奔過，衝向了壺。正以爲要撞上的瞬間，爆出轟隆聲響。聲音就像雷電劈過空氣落地。澪嚇了一跳，抱頭蹲了下來。衝擊震動整幢房屋，塵埃四起。

澪抬起頭來，被灰塵嗆得猛咳不止。成功祓除了嗎？剛才那是打破詛咒的衝擊嗎？她張望因飛舞的塵埃而變得白茫茫的和室。八尋還坐著。壺——壺還在原地，沒有變化。連半點缺損都沒有。

「跑掉了。」

八尋厲聲說道。澪也驚覺了。插著小刀的榻榻米上空空如也，僧人和黑色的蜃影都消失無蹤。

澪屏住呼吸。有呼吸聲。背後。是空氣從洞孔噴出般的咻咻聲。

澪跳向旁邊，回看後方。還沒捕捉到那身影，脖子就被一股強大的力氣箝住，整個人倒地。枯枝般的手緊緊地掐住了澪的脖子。長長的指甲陷進皮膚裡。澪無法呼吸，腦袋發脹。模糊的視野中，她看見穿著僧服的瘦骨嶙峋男子。臉幾乎就像骸骨，凹陷的眼窩深處，炯炯雙眼瞪視著澪。裸露的一口黃褐爛牙好似隨時都會脫落。

——他想阻止壺被破壞。

明明是侵蝕黑柿家的詛咒，黑柿家的祖先卻不願它被祓除。這個藏法師已經和詛咒同化了。

一團白色的物體從旁邊撲來，衝撞藏法師。藏法師發出凜冽寒風般的叫聲，驀地消失了。是村雨。

「還沒有祓除。因爲跟壺同化了，得跟壺同時祓除才行。」

八尋扶起嗆咳的澪，撫摸她的背。空氣突然進來，肺部抽痛不已。在被淚水暈滲的視野邊角，澪瞥見一隻細瘦的手抓住了壺，將它拖進黑暗裡。藏法師在黑暗中擁壺入懷，緊抱不放。

澪感到一股奇妙的寂寥。死後依然執著於壺的藏法師身影令人悲哀。

邪靈很可怕，同時也很可悲。它們深陷於妄執不可自拔，唯有透過祓除才有可能得救。但它們一定甚至不想獲救。想要拯救，是活人的自以爲是。

即便如此，澪還是想要祓除邪靈。因爲邪靈無法自救、無能爲力。它們無法自力斬斷這痛苦的輪迴，只能讓別人、讓澪來爲他們切斷。

「雪丸！」

澪呼叫雪丸。白狼現身空中，輕巧旋身。雪丸的身影變成了鈴鐺。是垂掛著許多圓錐形長筒狀鈴鐺的古鈴。它悠悠地左右搖晃，清澈的鈴聲響徹四下。

一道白光劃過陰暗的室內。黑暗頓時被一掃而空，宛如塵埃被拂去。鈴聲引導而來的，是日神──天白神。白光充溢四下，澪閉上了眼睛。連眼皮底下都亮得刺眼。

澪覺得在眼底看見了抱著壺的藏法師。

睜開眼睛的時候，壺已經碎成一地了。壺裡是空的，沒有掉出錢或骨頭。

「通個風吧。」

八尋疲倦地說，前去打開窗戶外層的遮雨板。澪也跑遍整棟屋子，打開所有的窗戶。初春柔和的風穿過屋內。

回到和室，八尋坐在廊台，正在講電話。

「啊，這樣啊。那太好了。我這邊也大功告成了。」

澪坐到和室角落，靠在柱子上。全身又沉又倦。不知道是因爲被邪靈攻擊，還是降神的緣故。兩邊都會對澪的身體造成負擔。

八尋講完電話，回過頭來：

「玉青嫂打來的。聽說黑柿先生的太太和女兒順利恢復意識，正在好轉。」

——太好了。

儘管這麼想，澪卻連開口的力氣都沒了，只是點了點頭。

「眞是吃不消。」

八尋從褲袋裡掏出菸來，含進嘴裡。

「小澪，妳身體還好嗎？」

「還好，只是累了。」

「休息一下再回去吧。」

八尋說，點燃香菸，吁了一口氣。煙霧隨風繚繞，緩緩散去。澪第一次看到他抽菸。

「原來麻生田叔叔還有個叫『村雨』的職神。」

「嗯？哦，『村雨』適合攻擊，是很棒的職神，但我很少用。」

「爲什麼？」

「祂太皮了，很難控制。松風比較乖。」

「是喔……？」

「妳也還有另一隻吧？」

「你說照手嗎？」

澪還有另一隻叫照手的職神，是狸貓的樣貌。原本是蠱師忌部秋生的職神。照手對秋生忠心耿耿，連秋生死後都不願意離開他，卻不知爲何跟了澪。澪連照手擁有什麼樣的能力都不知道。

「剛剛會讓邪靈溜走，是因爲村雨不好控制的關係嗎？」

「啊……」

聽到那含糊的回應，澪恍然悟出：

「難道那是故意的？」

「哈哈，怎麼可能？」

「是爲了讓我袚除……就像母獅子把小獅子推到懸崖下……」

「我才不是那種斯巴達教育式的師父。」

雖然這麼說，但八尋又笑道：

「不過是啦，我有一點——有那麼一點點想觀望會怎麼樣。」

「明明就是嘛。」

「不歷練一下，就不算修行了啊。」

澪嘆了一口氣。是澪自己求八尋收她爲徒的，不能埋怨。

「……麻生田叔叔怎麼會當蠱師？」

澪一直很好奇，但又覺得這不是可以輕率提出的問題，一直沒能問出口。八尋抽著菸，好一陣子沒有應聲。

「爲什麼呢？這不是可以用一句話回答的問題呢。嗳，說來話長……」

「說來話長。」

「沒錯，是所謂的『迂迴曲折』。……可是，是啊，簡單地說，就是家裡太垃圾了，還有初戀對象是邪靈吧。」

「咦？家裡……？初戀……？」

八尋說得雲淡風輕，內容卻讓人難以追問。

「麻生田家就像妳也知道的，是麻績家的親戚，也是蠱師的家族，和伊勢神宮也有關係，在伊勢那邊，是歷史悠久的世家望族。然而卻是根基爛光光、無可救藥的家，祖父和父親都是垃圾，兄弟也是人渣。」

「呃……」

「那個家沒有女人待得下去。雖然也是因為職神是白專女的關係。」

「白專女的關係？」

澪知道白狐被稱為白專女。據說麻生田家自古就祭祀白專女，以白狐為職神。

「白專女是女人嘛。蠱師身邊有女人，祂就會嫉妒。所以麻生田家沒有正妻，也沒有母親，只有名義上來照顧起居的、不住在家裡的小妾。很奇妙的，生下來的孩子都是男的。每個兄弟母親都不一樣。或許這也是一種詛咒。」

八尋輕笑，但澪臉部一陣抽搐。

——那與其說是詛咒……

更像是自作孽吧？

忽地，八尋想起什麼似地盯著香菸，把火在隨身菸灰缸裡撳熄。

「眞討厭吶。我最大的哥哥每次袚除完詛咒就會抽菸。眞是，愈討厭的地方就愈像。」

八尋說完淡淡地笑了。

「來戒菸好了。」

雖然早有預期，但澪回到紅莊之後病倒了。渾身發軟發熱，動彈不得。

玉青不時爲她把額上的濕毛巾換成新的涼毛巾，很舒服。她好像不知不覺間睡著了，醒來一看，漣就在臥榻旁邊。澪以爲是在做夢，叫了聲「哥」。

小時候她都這樣叫漣。

漣只是眨了眨修長的眼睛，不發一語，拿起澪額上的濕毛巾，翻過來又放回去。冰冰涼涼的很舒服。漣伸手撥開澪濕掉的劉海。

小時候，澪被邪靈攻擊病倒，漣都一定會像這樣來到她的枕畔，不安地看著她。他會陪著澪，直到她睡著，等她醒來，又會再過來陪她。

澪呆呆地看著天花板，意識漸漸清醒了。這不是做夢。她再次望向漣。

「——漣兄？你怎麼在這裡？」

身體虛軟，還無法起身。漣皺眉嘆了一口氣：

「一來就看到妳這樣。沒想到搬家第一天就得照顧病人。」

「搬家……咦，是今天嗎？」

「我提早了。因爲都準備好了。」

「怎麼不跟我說一聲？」

「不管是提前還是延後，都沒什麼差吧？」

漣眉頭深鎖地俯視著澪。

「妳睡吧。睡覺體力才會恢復。」

「被人盯著看，很難睡耶。」

「快睡啦。」漣說，把澪額上的毛巾拉到眼睛上。澪的視野被蓋住了。

「……今天我想到一件事……」

「睡了啦。」

「活著的人很自由呢。」

漣沒有應聲。

「變成邪靈的話，就再也無法依自己的意志行動了……」

一閉上眼睛，睡意就變濃了。意識被拖往身體深處。

「……邪靈都是墮落的人類。」

漣的低聲呢喃聽起來好遙遠。

「會變成邪靈的人，生前就已經作繭自縛了。」

所以才可悲——漣說。

「……那是……從伯父那裡聽來的話吧……？」

半睡半醒間，澪輕輕地笑了。沒有回應。澪從被子裡伸出手，在榻榻米上摸索。漣伸手抓住了她的手，漣的手好溫暖。是澪的手太冰冷，還是漣的體溫很高？從以前開始，就是漣拉著澪的手救助她。現在也是，只要漣握住她的手，就能感到安心。雖然澪是不會說出口的。

身體放鬆下來，澪墜入深沉的睡夢中。她沒有夢見邪靈。

在春季詛咒，愛情消逝

○○○

春に呪えば恋は逝く

春假第一天，澪的朋友茉奈來到了紅莊。因爲茉奈說她想看看澪寄宿的地方。

茉奈一進入澪的房間，立刻眼睛閃閃發亮地問：

「有沒有同住的帥哥？」

「什麼？」

「說到寄宿，當然就是帥哥啦！」

「沒有那種人。」

紅莊目前的男性，有朝次郎、八尋和漣，朝次郎雖然帥，卻已經是老先生了，八尋乍看之下是個爽朗的優秀青年，實際上卻很邋遢，至於漣，長相姑且不論，嘴巴、態度跟心眼都很壞。

「咦～」茉奈發出不滿的聲音，這時房間的玻璃門打開了。

「澪，妳今天——」

是漣。漣一看到茉奈在裡面，立刻打住了話。

「漣兄，開門前先出個聲好嗎？」

「我以爲只有妳在。打擾了。」

漣向茉奈輕點了一下頭，笑也不笑地關上了門。冷漠到家。

「抱歉，剛剛那是——」

「明明就有！」

茉奈打斷澪的話喊道。

「咦？」

「帥哥！明明就有嘛！咦？什麼？那是妳哥哥嗎？這麼說來，長得跟妳很像呢。妳哥哥也住在這裡嗎？大學生？」

被茉奈靠上來連珠炮似地追問，澪有些招架不住。

「啊……嗯，對，他是我哥，四月起就是大學生了，最近剛搬來這裡。」

澪懶得說明漣其實是堂兄還是親哥哥那些細節，直接說是哥哥了事。反正這裡沒有麻績村的親友，她覺得無所謂了。

「可是我們才不像呢。明明就不像吧？」

「明明就一樣。臉很像，氣質更像。」

「氣質……冷冰冰的感覺？」

「哈哈，」茉奈笑了。「是酷酷的感覺。好好喔，有這麼帥的哥哥。」

「妳那是外國的月亮比較圓的心態。」

站在澪的角度，茉奈家有弟妹、有狗，每天都很熱鬧，讓她羨慕不已。

麻績家非常安靜。

「妳哥哥叫什麼？」

「漣。漣漪的漣。」

「是喔。」茉奈眨了眨眼。「妳爸媽喜歡海嗎？」

「咦？也沒有啊，爲什麼這麼問？」

「因爲你們的名字都跟海有關啊。」

——海……

澪的名字是澪標的澪。有人稱讚過這個名字，說是可以航向汪洋大海的人。還說「麻績澪」這個名字，正讀反讀讀音都一樣，帶有祈禱長壽的意思。除此之外，還有別的意義嗎？

這麼說來——澪想到了。父親的名字叫潮，叔叔的名字叫滿——雖然戶籍上的父親其實是伯父，叔叔其實是生父。

長野不靠海，麻績家和海也沒有什麼淵源。與其說沒有，應該說是澪不知道。

——不，可是以前好像在哪裡聽說過海和麻績家有關。

是什麼時候聽誰說的？

——和麻績有交流的海人……

對了，記得是這樣的內容。是八尋說的。

「小澪，要吃醬油糰子嗎？」

說巧不巧，玻璃門外傳來八尋的聲音。

「玉青嫂說幫妳們泡了茶。妳有朋友來玩？」

「謝謝。」澪打開拉門。八尋捧著盛放茶水和醬油糰子的托盆站在外面。茶杯和碟子有三人份，八尋把托盆交給澪後，各拿起一個說：「這是我的。」

「打……打擾了。」茉奈跪坐著行禮。茉奈用手肘頂了頂端著托盆回到旁邊的澪的側腹部。茶杯搖晃，茶水都濺出來了。茉奈的眼神在問：「那誰？」

「麻生田八尋叔叔。他也寄宿在這裡。……啊，還有，他是我親戚。」

「就是那個會幫人祈禱還是驅邪的親戚叔叔嗎？看起來一點都不像做那行的。而且還那麼年輕。」

「跟妳們比，一點都不年輕囉。」八尋笑道。「我已經三十二了。」

「而且好帥。」

「噢，這孩子嘴巴眞甜。叔叔的糰子送給妳。」

八尋把自己那碟糰子遞給茉奈離開了。

「我也好想住在這裡喔……」

茉奈看著玻璃門喃喃道。澪心想「不可以被皮相蒙騙」，但默默地吃起糰子。

「漣兄，你剛才找我有事嗎？」

茉奈傍晚回去以後，澪去漣的房間找他。漣的房間在澪的隔壁。

「本來想說如果妳有空，帶我去街上看一下。」

「帶你去街上……」

「不是觀光，我想知道哪些地方有邪靈。」

「哦。可是，我只知道通學範圍跟這一帶而已。」

「眞沒用。」

「欸！」

「我去問玉青伯母，還是朝次郎伯父好了。」

「問麻生田叔叔就好了吧？」

「我盡量不想跟八尋叔叔說話。」

漣板起臉孔：

「爲什麼？」

「我跟他不對盤。」

就只有這麼一句話，但澪覺得似乎可以理解。八尋應該完全不以爲意，但漣很不擅長跟那種逍遙自在的人打交道。朝次郎跟漣應該更投合多了吧。

「可是，漣兄知道可能有邪靈的地方要做什麼？」

「這還用說嗎？當然是要袚除啊。這是修行。」

「你的修行嗎？」

漣瞪了澪一眼：

「妳也太悠哉了。當然是妳跟我的啊。」

「那，小櫻橋應該不錯吧？」

晚飯席上，玉青這麼說道。矮桌上的菜色是魩仔魚丼、石蓴味噌湯、酒蒸蛤蜊等海鮮料理。澪喝了口石蓴味噌湯，海潮的香氣瀰漫唇齒。

「小櫻橋？」

漣反問。桌上還有春意十足的櫻色醃蕪菁，玉青夾了一片放入口中，繼續說道：

「一乘寺川的支流很上游的地方，有一座老橋，就是小櫻橋。橋頭有一棵小小的山櫻，所以被這麼稱呼。以前過橋處有個聚落，現在已經沒了，所以也沒有人會經過，橋都快腐朽了。那裡一直都有喔。」

澪正要將鹹度恰到好處的煮魩仔魚夾入口中，聞言停下手來轉向玉青：

「一直都有……？」

「就邪靈啊。」

「我想也是。」

她覺得這不是想在用餐時聽到的話題。

「因為沒有人會經過，所以也沒人委託祓除。邪靈也只是在橋那裡，並不凶惡吧。既然沒有人委託，蠱師也不會去祓除，不過如果你們要修行，就去祓除一下怎麼樣？」

「沒有委託，蠱師就不能祓除邪靈嗎？」

「也不是不行，但都是有委託才會去做。」

對吧？玉青看向朝次郎，朝次郎默默點頭。八尋開口：

「又沒有酬勞，我才不會沒事費力氣去祓除邪靈呢。萬一受傷，就得不償失了。」

「喔……」

「這可不是因爲我唯利是圖。這是工作。」

澪明白蠱師不是慈善事業。而且要是每個看到的邪靈都要祓除，一定沒完沒了吧。

「玉青一直惦記著那個邪靈嘛。」

朝次郎說，暫時放下筷子。

「如果你們能把它祓除就太好了。」

玉青有些困窘地笑了：「我自己沒辦法祓除嘛。」

玉青是忌部家的人，但並非蠱師。意思是她沒有祓除邪靈的力量嗎？

「爲什麼玉青伯母會惦記著它？」漣問。

「雖然樣貌不是很清楚……不過那應該是女的邪靈。」

玉青的神情變得黯然。

「然後她在哭。」

「在哭……」漣皺起眉頭。

「大概啦。」玉青沒什麼自信地說。「每逢櫻花季節，花瓣紛飛，我就覺得好像聽到啜泣聲。」

澪的腦中浮現櫻花漫舞的河邊景象。若是有哭聲重疊其上，實在是太悲涼了。那個邪靈是不幸喪命的女子嗎？或是和詛咒有關？

「每年到了這個季節，我都會忍不住過去看看。想到連她的哭聲都沒有半個人聽見，就覺得可憐極了。」

玉青邊說，盯著醃菜的碟子看。上面附了鹽漬的櫻花花瓣。

明明是要去祓除邪靈，玉青卻不知爲何做了便當，讓澪和漣帶上。

「順帶去賞個花吧。」她說。

今年可能是因爲氣溫急遽上升，櫻花開得很早。今天也一早就天氣晴朗，溫暖得稍微一動就冒汗。

但仍然不是去快樂賞花的心境。畢竟要去看的不是櫻花，而是啜泣的邪靈。

「我在車子等你們，如果覺得危險，你們不要動手，直接回來。」

玉青和朝次郎都反對只有澪和漣兩個人去，因此八尋這個保母也一起跟來了。

兩人乘著八尋開的車子前往河川上游。理所當然，地點在山中。車子在沿河蜿蜒的路上前進，不久後民宅消失，只剩下樹林。坡道也愈來愈陡急曲折，路寬不斷地縮窄。如果有對向來車，連會車都沒辦法，因此澪提心吊膽。然而不僅沒有半輛來車，連後面也沒有車子跟來。車子開進沒有鋪面的路，一會兒後，八尋把車停在稍微開闊的地點。

「車子沒辦法再進去了，你們得用走的。路上小心。」

八尋讓澪和漣下了車。

「我在這裡吃玉青嫂做的便當等你們。放心，要是危險，我會趕過去搭救的。」

「你怎麼知道我們遇到危險？」

小櫻橋離這裡還有好一段路。

「松風。」

白狐現身。是八尋的職神。

「我派松風跟著你們。不過狐狸怕狼，不能靠太近。」

據說痲績家職神的狼，是痲生田家的白狐的天敵，所以不能同時出動。明明是親戚，眞是不方便。

「好好加油！」

八尋擺擺手，送別澪和漣。

「眞是輕浮……」

漣的喃喃嘀咕聲似乎沒有傳進八尋的耳中。八尋一邊哼歌，一邊打開便當盒的蓋子。

兩人在林間的路上前進。雖然是未鋪面的小徑，但幸好有路。因爲已經從玉青那裡聽說周圍的狀況，澪和漣都穿了風衣配牛仔褲。只有八尋穿了薄毛衣配白色棉褲，那身裝扮顯然從一開始就沒有要跟來的打算。

漣的肩上搭著一個細長的錦袋，裡面裝著蠱師用的九節杖刀。

「是那條河嗎？」

潺潺流水聲依稀可聞。平緩的彎道前方有條小河。與其說是河，感覺更像溪谷，深深被挖開的山地兩岸樹木叢生。角落堆積著沙礫。可能是這陣子都沒有下雨，水量很少，只有一絲涓流穿過河底的岩石之間。

「聽說以前氾濫過好幾次，眞是無法想像。」

澪看著眼下的小河說。

「這裡算是鴨川水系，治水工程不完善的古時候，一遇上大雨，就會氾濫成災吧。從歷史上來看，鴨川的洪水也很有名。」

漣理所當然地說。

「好像麻生田叔叔會說的話。」澪說，惹來一記白眼。

「下去囉。」

兩人穿過樹木，從低矮的斜坡走下河岸。從沙礫堆積的邊緣朝上游走，尋找玉青說的那座橋。很快地，前方出現在一座半朽的木橋。比想像中的更小、更簡陋。橋身被青苔覆蓋，已有多處腐爛。橋邊確實有棵櫻花樹。就像玉青說的，是棵小山櫻。綠葉深處透出成串花苞，零零星星已然開始綻放。綠樹之中只有那裡冒出一團淡紅，襯得格外鮮豔。

櫻樹的陰影落在橋面上。樹枝在風中擺動，樹影也跟著搖曳，然而卻有一團陰影一動不動。那團影子靜靜地盤踞在那裡，有如沉澱一般。隨著距離拉近，一股焦臭味刺入鼻腔。黑影悠悠起身般拉長，轉向澪和漣這裡。影子如蜃影般扭曲，焦臭味更強烈了。澪停下腳步。

漣拉扯澪的袖子。轉頭一看，漣正以目光指示邪靈所在的反方向。澪朝那裡望過去。櫻樹附近，橋的前方有個人。澪的全副注意力都在邪靈身上，因此嚇了一跳。

在那裡的，是一名健行打扮的老婦人。一身夾克配長褲，揹著背包，頭戴帽子。她的手裡拿著一把小花束。花束很可愛，是非洲菊配滿天星。老婦人把花束供在橋頭，雙手合十。她閉目良久，就這樣膜拜著。

邪靈沒有動靜。只是佇立在橋上，宛如一團黑色的蜃影般扭動著身影。該怎麼辦？澪舉棋不定，相對地，漣毫不猶豫地走向橋。不是走向邪靈，而是走向老婦人那裡。漣登上斜坡，靠近老婦人。老婦人發現，抬起頭來。

「有人在這裡過世嗎？」漣攀談說。

「對……」

老婦人淡淡地微笑，站了起來。

「很久以前的事了。你是這裡的人嗎？」

「不是，我最近剛從長野搬來京都。」

「我是從東京來這邊旅行的。說是東京，也是東京的郊區。你是高中生嗎？」

「今年春天要上大學了。——我妹妹還是高中生。」

漣回頭說。老婦人望過來，澪向她頷首。老婦人回以慈祥的笑容。

「兄妹一起健行嗎？感情眞好。我也有個哥哥。年輕時候也會跟他一起爬山。真懷念。我老家那裡有座很適合的山……」

「是誰在這裡過世了？」

感覺老婦人就要偏題，急性子的漣把話題拉了回來。

「啊，是啊……」

回憶被打斷，老婦人也沒有不悅的樣子，眨了眨眼睛。她望向橋，接著抬頭看向一旁的櫻樹。她好像完全看不到邪靈，邪靈也沒有反應。

「以前過橋之後有一處小村落……但現在已經沒有了。那裡有一戶大木材商，我的朋友本來要嫁去那裡。已經是好幾十年前的事了。我那個朋友出嫁當晚，從這座橋上跳河溺死了。」

老婦人再次蹲身合掌。

「以前這條河水位更高。不過，人在被沖到下游之前就被找到了，還算是好的。」

「怎麼會投河……？」

澪也爬上斜坡，走到漣的旁邊。

「因爲不想出嫁啊。她已經有了心上人了。」老婦人撫摸著膝蓋站了起來，苦笑：「到了這把年紀，要過來這裡也是一番辛苦。」

——投河自盡的新娘。

那個邪靈是那個新娘嗎？

——可是……

澪往橋走近一步。「喂。」漣抓住她的衣袖。

「不能在櫻花時節嫁新娘啊。」

老婦人隨著嘆息喃喃道。

「咦？」澪回頭。

「我們故鄉的習俗，都會避免在這個季節結婚。這個季節的新娘叫櫻花新娘，說會像櫻花凋零一樣，很快就離婚了……」

說完後，她淡然一笑，仰望身邊的櫻樹：

「當然這只是迷信，但人就是想要有一個理由呢。只要覺得是櫻花新娘的關係，心裡就會多少好過一些了。」

那麼我走了——老婦人頷了頷首，拿起靠放在橋身的登山杖，轉過身去。

「今年或許是我最後一次來這裡了。我的膝蓋已經不行了。」

「請保重。」漣道別說。澪往橋跨出了一步。橋身已經半朽，大概沒辦法過去了，但她想要盡可能靠近邪靈。

——那個邪靈沒那麼新。

比老婦人說的新娘更要古老許多。不知爲何，澪這麼感覺。比起街上常見的邪靈更深更濃，有種和前些日子遇到的壺上的邪靈相似的感覺。

澪的手伸向欄杆。木料腐爛、生苔，感覺隨時都會崩塌。她輕輕以手觸摸。

瞬間，雞皮疙瘩爬了滿身。透過濕苔，一道陰寒刺入肌膚。體溫驟然下降，就好似全身被潑上冷水般。全身不住地哆嗦。

突然間，小巧的白色物體在眼前翻飛。澪吃驚地抬頭，看見櫻花散落了。風迎面撲來，櫻花飛舞飄散，視野被紛飛的櫻花花瓣給覆蓋了。四下染成一片淡紅色，只聽得到水流潺潺聲。除了櫻花花瓣以外，什麼都看不見了。上一秒大風颼過，下一秒櫻花花瓣化成了霧靄。霧靄中隱約浮現周圍的景色。澪連忙環顧四下。不知不覺間，她站在橋中央。

沒看到漣，老婦人也不見了。連這裡是不是那座橋上都不確定。

水和苔的氣味變強，摻雜其間，霧靄深處瀰漫著焦臭味。凝目細看，黑色的蜃影搖曳著。

「……………」

依稀有聲音。側耳細聽，澪聽出是哭泣聲。

蜃影一點一滴凝聚成形。是人的形狀。

是一名低頭垂首的女子。很年輕。披散著一頭長髮，穿著水藍色開襟衫和灰色裙子。全身濕淋淋的。髮梢和衣襬滴著水，在腳下形成了一灘水窪。

她看見開襟衫的胸口別著銀製胸針，好像是花朵造型。

以為是古老的邪靈，是澪誤會了嗎？這女子怎麼看都不是古人。

——咦？

澪定睛注視女子身後。女子身後站著一個淡影。影子愈來愈濃，忽然整個扭曲，焦臭味變濃了。澪覺得腳底陡然失溫，發起抖來。

影子冒出眼鼻，眼睛捕捉到澪。五官變得清晰，出現一名有著蒼白肌膚和薄唇的女子。女子的穿著打扮很陌生，頭上包著白布，身上是一件短襬的紅褐色窄袖和服。

女子看著澪的眼神沒有攻擊性，十分靜謐。也因此有種深深沉落在水底的哀傷。扎刺肌膚的寒意變強烈了，吐出的呼吸化成白氣。澪並不感到害怕，但她退了一步。因爲她感到一種不同於恐懼的危險。怎麼回事？這裡很危險。雖然感覺不到對澪的敵意，但膚觸傾訴著更甚於敵意的危機。

腳下傳出流水聲，澪低頭下望。橋不見了，澪的腳浸泡在水裡。

「咦……！」

驚嚇之餘，腳下一絆，澪跌了個四腳朝天。冰冷的水淹過半身。她想要起身，卻一驚定住了。水面上倒映著人影。不是自己，而是以白布包頭的女子，沒有表情的臉注視著澪。澪無法別開目光，呼吸不過來了。她想要別開目光，卻好像被沉靜的眼眸吸進去般，連眨眼都辦不到。耳中充斥著自己的呼吸聲。

——水……

胸中響起聲音。不是自己的聲音。她覺得是這名女子的聲音。水面的女子的聲音在胸口深處響起又消失。

——很想念水吧？

渾身冰透。聲音深邃、遙遠，就好似傳遍全身每一個角落。一層又一層，十分玄妙。

澪想要再多聽到一些，身體彎向水面，望進女子的眼睛。感覺女子的眼睛在笑。

「笨蛋！」

耳畔忽然響起聲音，澪的手被猛力向後拉去。「好痛！」她忍不住叫道。

赫然回神一看，澪站在橋前。底下是即將乾涸的河，周圍綠樹圍繞。

「喂，澪。」

漣的聲音引得澪回頭。但剛才的聲音不是漣的。剛才那是——

澪看自己的手。有人抓著她的手。抬眼一看，高良就在旁邊。

「咦！」

澪瞠目結舌。他怎麼會在這裡？可是剛才聽到的，確實是高良的聲音。

高良眉頭糾結。這麼說來，他剛剛罵自己「笨蛋」。爲什麼？

「這是詛咒。」

高良說，就像要解答澪的疑問。

「詛咒？什麼——」

「這裡有桂女。」

莫名其妙。澪看向漣。漣也一臉不解。但他說：「妳剛才突然整個人定住，叫妳搖妳都沒有反應。」

「我……」

澪按住額頭。

「我剛剛在橋上。然後掉進水裡……。水面有個女人。啊，那之前還有另一個人。」

漣訝異地微微側頭：「有兩個女人？」

「對。有兩個女人。一個是古時候的人，另一個是最近的人——說是最近，應該也是很久以前了……」

澪自己也覺得說得顛三倒四。她的腦袋還一片朦朧。

「服裝感覺像昭和時代……嗯，大概。感覺很復古。那個女人穿著水藍色的圓領開襟衫，胸口別著別針，是花朵的銀製別針。」

「不好意思……」

一道聲音插進來，澪和漣都回過頭去。應該已經離開的老婦人又回來了。她一臉憂心。

「我看妹妹好像不太舒服，想說怎麼了……」

好像是因爲這樣才折回來查看。

「謝謝，她沒事。」漣回答。但老婦人依然擔心地看著澪。

「那個，你們剛剛在說什麼？」

澪和漣對望。該怎麼回答才好？老婦人的眼睛轉向高良：

「這孩子也是，突然冒出來……完全沒看到他是從哪裡來的。」

高良沒有回應。似乎不打算回答。看到高良毫無反應，老婦人似乎很困惑，再次轉向澪：

「妹妹，妳剛剛是不是提到水藍色的開襟衫？」

「呃……也許吧。」

澪含糊其詞。老婦人追問：

「還說別著花朵的銀製胸針。妳看到幽靈了嗎？她在這裡嗎？」

澪看向漣。漣很會應付這種情況。

「是做白日夢了吧。我妹常會這樣，請別在意。」

漣面不改色地隨口敷衍。漣可以滿不在乎、振振有詞地撒謊，這總是讓澪感到匪夷所思。

「可是……就算是做夢，妳也看到了吧？看到喜美惠了。」

「咦？」澪驚呼。老婦人搖晃澪的肩膀，一臉蒼白地接著問：

「喜美惠在這裡對吧？一定是吧……？」

老婦人面色蒼白。澪正想問她還好嗎，她忽然一個搖晃，當場倒了下來。「啊！」澪連忙撐住她的身體，但力氣不夠，連自己都差點跟著倒下，漣從旁邊抱住了她。兩人齊力扶住老婦人，讓她坐下。高良只是交抱著手臂在一旁看著。態度莫名高高在上。

「對不起，我實在太驚訝了……」

老婦人虛弱地說，肩膀上下起伏喘著氣。澪撫摸她的背。

「謝謝妳。」老婦人勉強擠出笑容。「喜美惠就是我剛才提到的投河自盡的朋友。妳提到的穿著，就是喜美惠過世當時穿的衣物。」

——那個年輕小姐。

「穿水藍色開襟衫……？」

「對。妳說那人別著銀製胸針對吧？那是喜美惠最心愛的飾品。」

那名女子就是老婦人的朋友喜美惠。那麼，另一個女人是誰？

「您還好嗎？」漣探頭觀察老婦人的臉。她的臉色依然很差。

「想起喜美惠，我有點……。對不起，我休息一下就沒事了。我要回去飯店了。」

「那我送您回飯店。載我們來的人，車子就在附近。」

漣說，立刻打手機呼叫八尋。八尋說他正開車過來，很快就到了。是因爲高良現身，松風通知了八尋吧。

「我送這位女士去飯店，馬上就回來。」八尋扶著老婦人離開了。

目送兩人後，漣轉向高良那裡：

「剛才你說詛咒，那是什麼意思？」

高良看也不看漣，也不回答他。「喂！」漣急躁地追問，但下一秒便跳往後方。因爲高良的身邊突然冒出了一頭老虎。

「於菟。」

澪忍不住叫了祂的名字，但老虎沒有反應。那是高良的職神於菟。於菟發出低吼，威嚇著漣。

「我也想知道。」

澪說，高良朝她瞥了一眼，說：

「……橋被下了詛咒。是桂女的詛咒。」

「桂女是什麼？」

「桂女是巫女的一種，會爲人祈禱、詛咒、卜卦。」

「桂女不是四處叫賣香魚的行商嗎？」漣插口說。

「那只是桂女的營生之一。」

高良應聲，卻沒有看漣。

「這座橋有桂女的詛咒……？」

澪看著橋。黑色的蜃影在橋中央悠晃著。

「怎麼會？」

「我不知道。但不要魯莽地踩進詛咒裡，會被拖進去的。就像剛才那樣。」

——原來那是差點被拖進詛咒裡嗎？

那——澪心想。

「那個穿水藍色開襟衫的人——喜美惠，是被拖進了詛咒裡嗎？」

「八成是吧。」

「這不是很奇怪嗎？」漣說。「如果是古老邪靈的詛咒，被害人應該更多吧？不只喜美惠一個人。」

高良惡狠狠地看向漣：

「廢話。只是她只看到那個女人而已吧。總而言之，那都不是可以隨便亂碰的。你是護衛的話，就好好防患未然。只會杵在那裡，倒不如帶著護符更管用，這個半吊子。」

漣頓時橫眉豎目。空氣劍拔弩張，一觸即發。

「呃，那個……是我太冒失……」澪說。

「這是早就知道的事。」

「妳閉嘴。」

高良和漣都厲聲說道。但澪不是那種別人叫她閉嘴，就會乖乖閉嘴的女生：

「我不說話，大家都僵在這裡，所以我才開口的好嗎？不管那些，我是想要知道怎麼做才能袚除這座橋的詛咒。」

漣沉默，高良開口：

「也沒怎麼做，能力夠的人就能袚除，不夠就沒辦法，這樣而已。」

「我有辦法嗎？」

高良看著澪的臉：

「區區邪靈，沒有神明袚除不了的道理。問題是妳有沒有辦法降神。」

也就是說，結果全繫於澪能否降神。

「剛才我是差點被拖進詛咒對吧？如果不是不小心踏進去，而是準備萬全再上，就沒問題了對嗎？」

澪沉思起來。漣質疑「什麼叫準備萬全？」澪沒理他。她就是在想這件事。

黑柿家的壺那時候，起初以爲詛咒的元凶是附在壺上的邪靈。但後來得知那個邪靈是受詛咒一方的人，八尋決定先祓除詛咒，而非消滅邪靈。但邪靈和詛咒早已化爲一體，八尋的行動被邪靈阻止了。接著澪降神，連同邪靈一起消滅了詛咒。——既然如此，如果一開始拜訪黑柿家的時候，澪立刻就降神，會怎麼樣？即使是什麼都不明白的狀態，也能祓除邪靈和詛咒嗎？

如果答案是肯定的，那麼剛才自己是不是應該已經成功祓除這裡的詛咒了？

「……如果沒有明確的『目的』，就沒辦法降神是嗎？」

高良沒有說話。感覺與其說是不知道，更像是在叫她自己找出答案。

「即使知道是桂女的詛咒，如果不知道她爲什麼會詛咒這裡、出過什麼事，就沒辦法破解嗎？」

澪喃喃低語道。澪降神的時候，幾乎都是遭遇生命危機的時刻。是因爲生死關頭，就只剩下降神這個手段嗎？要是這樣，感覺用不了多久澪就會眞的送命了。

「比方說，就算我現在要來祓除詛咒，也絕對無法成功降神，對嗎？」

對於澪這個問題，高良回應「沒錯」。

「麻生田叔叔也說，在什麼都不明白的情況下動手祓除很危險。」

——來歷不明的東西，也不能隨便祓除。

壺那一次，八尋如此對委託人說明。

——回去之後我們會進行調查。在不清楚底細的情況下貿然動手，可能反而讓狀況惡化。

澪在心裡反芻八尋的話。八尋十分謹慎，不會像澪這樣冒冒失失。

「必須查清楚才行呢。糊里糊塗動手很危險。」

澪看向橋。但有辦法調查出它的由來嗎？這也太虛無飄渺了。

「這一帶的人應該會知道什麼吧？」漣開口說。

「你說這一帶……」澪環顧四周。這裡是山裡。「再過去的村落也消失了對吧？應該沒有人住在那裡了吧。」

「從地圖上來看，這前面應該有個小村子。」

「不會都是空屋嗎？」

「得實際去看看才知道。」

「那也只能去了呢。」澪說，轉向高良。「咦！」

然而高良已經不在那裡了。於菟也不見了。

「眞是神出鬼沒。」漣傻眼地喃喃道。

「……意思是這樣做就對了吧。」

高良離開，表示澪決定要調查背景的方向並沒有錯吧。

高良在協助澪。在她危險時現身，提供建言引導她。高良是眞心在協助澪祓除他。

——我得努力才行。

既然高良有這個心，澪也必須不負期待。

澪和漣沿路走下去，拐進途中的小徑，前往那個村落。雖然雜草叢生，但道路有鋪面，並有輪胎的痕跡。好像有人居住。在平緩曲折的路上前進，樹木圍繞的斜坡零星出現老舊的房舍。最前面的房屋院內停著小型汽車，因此漣逕直走向玄關。沒有大門或圍牆，只在玄關玻璃門旁邊掛出門牌，並附有令人懷疑功能是否正常的門鈴。漣按了門鈴，但屋裡似乎沒有任何聲響，因此他出聲喊：「請問有人嗎！」裡頭傳出動靜，等了一會後，玻璃門打開了。

「來了。」隨著悠閒的應聲，一名小個子老人探出頭來。滿頭華髮，眼睛睏倦地眨著。

「哪位？學生嗎？是迷路了嗎？」

雖然年歲已高，但聲音洪亮，活力十足地連續問道。

「不是，我們想請教一些事。」

「什麼事？怎麼回去市區嗎？」

「不是的。」

老人急性子地問，漣耐性十足地解釋，打聽了橋的事。

「哦，那座橋啊。很久以前就沒有人走了。」

「『很久以前』是多久以前呢？」

「很久囉。從我阿公阿嬤年輕那時候。」

「……大概明治時代那時候嗎？」

「對對對。啊，不對，我阿公他們也說『從以前就沒人在走了』，所以應該是江戶時代吧？」

「那座橋爲什麼沒有人走了呢？」

老人雙手前伸，鬆垮地垂下：

「說是有鬼啊。女鬼。」

「女鬼……」

「所以在地人沒有人會走那裡。是怎麼說的來著？好像是桂女的幽靈吧。」

桂女的幽靈。漣瞥了背後的澪一眼。

「我聽說有個桂女被男人背叛，跳河自盡，死不瞑目，所以才陰魂不散。我根本不敢靠近，所以也沒看過啦。」

——被男人背叛而跳河……

澪的腦中浮現桂女的眼睛。那雙湛滿了悲傷的眼睛。

「細節我已經忘了。總之大人都耳提面命，叫小孩子不可以靠近那座橋。噯，是因爲危險，所以編出鬧鬼的事嚇小孩，不讓他們靠近吧。那條河看起來小，但下雨過後，水位就會暴漲，很危險的。你們也要當心啊。」

老人能提供的資訊就只有這些，澪和漣道謝後離開了。這一帶的人家連十戶都不到，其中有一半不是外出就是空屋，其餘的住戶，知道橋上女鬼的事的只有老人，內容也跟剛才聽到的大同小異。雖然細節不同，像是受騙上吊、遭劫財害命，但共通之處，就是橋上會出現桂女的幽靈。

「總而言之，就是有個含恨而死的桂女吧。」

離開最後一戶打聽的人家來到馬路，漣這麼說道。稍早前八尋連絡，兩人決定和開車過來這裡的他在半路會合。

「跳河的說法應該才是對的。」澪喃喃道。

——妳很想念水吧？

桂女這麼說，差點就把澪拉下去了。要是就那樣被拉過去，或許澪已經跳入水裡了。而喜美惠就是這樣被拉走了。

澪忘不了那個桂女的眼神。寂靜、清澈，而且悲哀。湛滿了逐漸沉入水底般的深邃哀傷。那甚至比怨怒那些更要強烈，深深地刻畫在澪的心底。

「是遇到了什麼絕望的事，才會投河……」

——遭到男人背叛？

澪聽到喇叭聲，停下腳步。八尋的車停在不遠處。

「那位老太太沒事嗎？」

澪跑向車子，探頭對著駕駛座問。

「我在大廳聽她說了一會兒，她人就好多了。是傾吐之後輕鬆了吧。」

「咦？」

「先回去吧。還是要去橋那裡？」

澪想了想，說「回去好了」。感覺整理一下思緒再來比較好。玉青爲他們準備的便當，就回紅莊吃吧。

「那上車吧，漣也是。」

在八尋催促下，澪和漣都上了車。八尋把車子掉頭，開回原路，說了起來。

「那位老太太名叫古森富子，富子女士之所以每年都會來獻花，是因爲內疚。因爲她做了背叛喜美惠的事。」

「背叛？」

「富子女士不是說，喜美惠另有心上人，所以不願意結婚嗎？喜美惠喜歡的人，就是富子女士的哥哥。富子女士說——」

……我跟喜美惠因爲家住得近，從小就是好朋友。我們常去彼此的家裡玩。我有個大我五歲的哥哥。五歲的差距，讓我在小時候覺得哥哥非常成熟。雖然成年以後，五歲就不算多大的差距了……

應該也是因爲年紀相差很多的關係，哥哥對我很好，常給我點心和書本，也會教我功課。對喜美惠也是一樣。哥哥說，他把喜美惠當成自己的另一個妹妹。……雖然這是哥哥這一方的想法。

哥哥後來去外地讀大學，但某一年的盂蘭盆節連假，他帶了朋友和郎哥哥返鄉。和郎哥哥在我們家住了一星期就回去了。從此以後，有時遇到長假，和郎哥哥就會來我家玩。和郎哥哥是京都木材商的獨子，每次來我們家，都會帶來豪華的禮物，也會帶一份給喜美惠。而且送給她的是飾品，而不是給我或哥哥的那類點心或食品。

沒錯，和郎哥哥愛上了喜美惠。因爲喜美惠是個美人胚子……。來過幾次以後，和郎哥哥向喜美惠的父母提親了。跳過本人，直接向父母提親，怎麼說，很符合當時的風氣，或是和郎哥哥的個性……。和郎哥哥家裡很有錢，所以喜美惠的父母喜上雲霄。喜美惠家是養蠶人家，但當時養蠶業已經式微，又遇到蠶隻生病，遭受重創，生計應該相當困苦。婚事兩三下就敲定了，喜美惠準備要嫁過去了。

雖然父母歡天喜地，喜美惠卻一直悶悶不樂。因爲喜美惠喜歡的是我哥哥。我說，那就別結婚啦，但喜美惠說不可能，已經認命接受了。因爲她的父母都渴望這門親事，最重要的是，有了和郎哥哥家的資助，就能讓衰落的家業起死回生。但我想喜美惠的父母也不是抱著賣女兒的心態把她嫁出去的。他們不是這麼勢利的人。總之，喜美惠決定要結婚了。

婚期訂在春季。我以喜美惠朋友的身分、哥哥以和郎哥哥朋友的身分出席，但婚宴期間，喜美惠偷偷地塞了一封信給我。信上要我傳話給哥哥：今晚能不能私下兩個人見個面？見面地點就是那座橋。婚宴在和郎哥哥家舉行，好像會一直熱鬧到深夜，但喜美惠打算偷偷溜出來見哥哥吧。

她好像也不是打算要和哥哥私奔。畢竟他們本來就不是那種關係，喜美惠自己也很清楚吧。不過，或許她想要向哥哥表白心意，做爲留念。

……你說後來怎麼了？……也沒怎麼了，因爲我沒有告訴哥哥。我怎麼可能說得出口呢？和郎哥哥是哥哥的朋友，萬一造成誤會，那還得了？只爲了讓喜美惠留下回憶，讓哥哥冒這種險……。如果不結婚也就罷了，但喜美惠是要嫁給和郎哥哥的人啊。她這樣不是太自私了嗎？

說什麼爲了父母、爲了家裡，但說穿了，喜美惠自己也是想要嫁給和郎哥哥的。因爲和郎哥哥家有錢。她總是佩戴在身上、死時也別在衣上的那個心愛的胸針，也是和郎哥哥送給她的東西。她居然打算戴著那胸針去見哥哥，我覺得實在很誇張。喜美惠從以前就是這樣……

她就是自我中心，完全不會想到對方的想法可不是都跟她一個樣。她沒辦法設身處地，考慮對方的處境或感受。雖然她的心地並不壞啦。沒錯，她不是什麼壞女孩，反而是個好女生。否則我也不可能一直跟她當朋友。

可是老實說，那個時候我實在很傻眼，覺得：妳到底在想什麼啊？所以……所以我沒辦法告訴哥哥，也沒辦法跟喜美惠說我沒告訴哥哥，就這樣丟下這件事不管了。我想，就讓她自己跑去見面的地方，被放鴿子就算了。

……我是故意要整她的。是一時鬼迷心竅了。可是……

那不是我害的吧？因爲他們又不是說好要私奔，只是我哥哥沒赴約罷了，也犯不著自殺吧？我想，她還是後悔這門婚事了。大家都說三更半夜的，沒事不會去那種破橋，一定是投河自盡。雖然她去那裡是有目的的。但橋上也沒有失足滑落的痕跡，所以她確實是出於自己的意志跳河的。她一定是看著那陰暗的河面，最後還是反悔不想結婚了吧。我覺得這都要怪喜美惠的父母。明明喜美惠對婚事那麼消極，他們卻裝作沒看見，逼她結婚。

……和郎哥哥嗎？喜美惠過世以後，他娶了別人。大概是一年以後的事吧。和郎哥哥俊俏風流，不愁找不到對象吧。後來他好像離開家裡，沒有繼承家業。也許是不想待在喜美惠過世的地方吧。或許也因爲這件事，村子愈來愈蕭條，一戶接著一戶搬走，最後都搬光了。那座橋也是，很快就會爛掉了吧。但就算橋垮了，我還是會來獻花吧……。爲什麼？因爲不是很可憐嗎？除了我以外，還有誰會來爲喜美惠獻花？

欸，那個妹妹是不是眞的看到喜美惠的幽靈了？如果是的話，怎麼辦？我會不會被作祟？你說沒事嗎？如果會作祟，我早就被作祟了是嗎……？是啊，說的也是。謝謝你。

「……她這樣跟我道謝。從富子女士說的聽來，那個叫喜美惠的人並沒有那麼想死，是被那座橋的邪靈給拉走了嗎？」

八尋一邊開車，一邊淡淡地轉述富子的說法。澪忍住沒有說出感想。因爲不管怎麼說，都會變得像在責怪富子。

——喜美惠被富子背叛了……

不，也許喜美惠相信自己被富子的哥哥背叛了。

澪的眼底再次浮現桂女的那雙眼睛。喜美惠的眼睛重疊上去。

「那關於橋的邪靈，打聽到什麼了嗎？」八尋問。

「聽說是桂女的詛咒。」澪說。

「桂女！嘿，原來如此啊。」

八尋露出莫名恍然的樣子。

「桂女是古時候住在京都的桂這個地方的一群巫女。據說是神功皇后侍女的末裔，或是海人一族。她們會在京都街上賣香魚、飴糖，到產子的家中唸誦祝詞，或是在路口卜卦。就跟若狹的八百比丘尼或熊野的歌比丘尼類似。」

「是喔……」澪應聲，聽得似懂非懂。

「我覺得與其說是因爲住在桂，所以叫桂女，更應該是因爲她們頭上包著『桂卷』的關係。桂女頭上不是都包著白布嗎？那叫做『桂卷』。桂卷是戒齋的象徵，也代表侍奉神的人。」

澪想「原來如此」。確實，澪看到的女子頭上包著白布。

「我看到的應該是跳河溺死的桂女……剛才我差點在橋上被拉進水裡。」

八尋瞄了後照鏡一眼：

「差點被拉進水裡？妳說的眞輕巧，漣在旁邊做什麼？」

八尋「哈哈」笑道，漣卻皺起了眉頭：

「自己不跟來……」

「是你一副要我別跟的表情耶？」

「……」

「哈哈，抱歉抱歉，開玩笑的。別跟玉青嫂告狀喔。」

這就是爲什麼漣討厭八尋。感覺八尋也是明知道才故意逗弄他。

「是利用橋和水的詛咒呢。橋和水都與咒術密不可分。桂女會在橋上替人占卜，那個桂女生前也是如此嗎？」
「在橋上占卜……？」
「橋就是這樣的地方，類似境界，連接兩個不同的地域。這樣的地點，也是召喚神靈，聆聽神意的地點，這就是最原始的路口占卜。路口占卜是從往來的行人對話或腳步聲來揣摩神意。思案橋、戾橋、細語橋這些名稱，都是來自路口占卜。」
「是喔……」澪應道。遇到這類話題，八尋非常有用。
「如果是橋的詛咒……是啊，若想破解，或許也可以來硬的。」
「來硬的？」
八尋笑道：
「把橋弄垮就行了。被河水沖走，就直接祓禊乾淨了。」
這太粗暴了。但那座半朽的小橋，感覺澪也有辦法破壞。
「可是，就算已經沒有人走，也不能隨便把橋弄壞吧？」
「是啊。」八尋乾脆地同意。「而且就算把橋弄垮，也不是詛咒就消失了，只是『場』暫時消失罷了，要是再蓋起新橋，詛咒又會回來。算不上什麼好的解決辦法呢。實際上那座橋或許也多次被洪水沖走，又重新搭起。」

原來如此。只是『場』暫時消失而已。也是有這樣的形式嗎？

「我是覺得應該沒有被重蓋……。附近村落的人說從以前就傳說那座橋有桂女的幽靈，所以當地人都不會靠近。如果被水沖走，感覺會就那樣算了。」

「是喔？怎樣的傳說？」

「每個人說的細節都不太一樣，共通的地方是都有桂女的冤魂。冤魂出現的理由很多，有的說是被男人背叛，有的說是被劫財害命。」

「以口傳形式流傳下來嗎？眞有意思。是因爲遠離市區，才能保留下來嗎？但也因爲這樣，人口嚴重外流吧。」

八尋最感興趣的是這部分，還說「我也去看看好了」。

「那，小澪，妳要怎麼做？妳有辦法袚除嗎？」

「……不曉得……大概吧。」

澪望向車窗。上面淡淡地倒映出自己的臉，但澪總覺得映照在上面的是桂女的眼睛。

「我覺得應該可以。」

雖然是直覺地脫口而出、沒什麼把握的回答，但八尋意外乾脆地說：

「那就沒問題吧。」

「是嗎？」

「蠱師有沒有辦法祓除邪靈，是看道理，但巫女的降神，層次又不同了。全看神明的意思。如果妳覺得可以，應該就是神明在這樣表示吧。妳是在不知不覺間聽到了神意。就跟路口占卜一樣。」

是這樣的嗎？從高良的說法來看，感覺不是神的問題，而是巫女的問題。還是兩者是一樣的？巫女的問題得到解決，就是符合神意嗎？雖然不明白，但澪聽到古時的傳說和富子的話，覺得似乎看見了那個邪靈的根源。同時也覺得看見了祓除它的方法。

「那，明天我再送妳過去。送到今天的地方就好的話。」

「可以嗎？太感謝了。」

「哈哈，我好歹也是妳的師父嘛。——漣，你心裡一定在罵『這個遊手好閒的東西』，對吧？」

漣顯然慌了，說：「並沒有。」

「很好，反應很誠實。」

八尋愉快地笑了。就是這樣逗人家，漣才會討厭你啊……澪看著兩人，心中想道。

玉青為他們準備的賞花便當，是餡料豐富的海苔卷和豆皮壽司。還有煎蛋、干瓢、小黃瓜、鮭魚子和鮭魚。塞滿了餡料的海苔卷尺寸相當大，豆皮壽司和第一次來到紅莊時吃到的一樣。偏甜的醬汁完全入味的豆皮壽司，已經成了澪最愛的食物之一。喜歡干瓢的漣似乎也吃得心滿意足。

澪和漣坐在廊台打開便當。雖然和當初預定不同，沒有賞到花，但其實也早就預期八成會變成這樣。

紅莊沒有櫻花。澪猜想過，是因爲朝次郎不喜歡櫻花嗎？但聽說紅莊並非他開的，是因爲蓋這棟房子的人不喜歡櫻花。確實，總覺得櫻花的風情與這裡格格不入。雖然沒有櫻花，但有梅花和山茶花盛開。現在院子裡就開著白底紅紋的奇特山茶花。兩人就看著那花吃便當。

「妳那樣跟八尋叔叔說，但眞的沒問題嗎？」

默默吃著海苔卷的漣忽然問。澪還以爲他會數落「不要毫無根據地說什麼有辦法祓除」，因此聽到他這麼問，吃了一驚。

「是不是沒問題……老實說我也不知道。」

「我想也是。」

對於澪含糊的回答，漣也只是這麼說。澪偷看漣的側臉。不知是否心理作用，漣看起來有些無精打采。

「……你累了嗎？」

漣的眼睛瞟了過來：

「怎麼可能這樣就累了？」

「你看起來很累。」

漣沒有應話。真的不是累了嗎？漣默默地拿起茶杯喝茶。

——與其說是累了，更是沒有精神。

澪終於發現這件事。漣似乎人很沮喪。他難得如此頹喪，或者說，這可能是澪第一次看到他這副模樣。

「你幹嘛這麼沮喪？」

澪問，被白了一眼。

「我沒有。」

「是喔？」

澪回顧今天的事。今天發生過什麼讓漣沮喪的事嗎？

——是跟巫陽有關的事嗎……？

她只想得到這部分。漣討厭高良，而高良八成也不欣賞漣。兩人犯沖吧。是和八尋不同種類的犯沖。

這麼說來，漣今天也被高良說是半吊子。這對漣殺傷力很大吧。

「巫——高良說的話，讓你很介意嗎？」

「沒有。」

漣的否定就是肯定。看似難懂，其實很單純。

「高良這個人別說是獨當一面，根本是以一當百，跟他相比，每個人都是半吊子啊。」

澪認為身為蠱師，漣十分優秀，只是高良要求的水準太高罷了。不只是漣，任何蠱師都沒辦法達到高良那種水準。

「漣兄討厭高良，但高良也有點把你當成眼中釘呢。對你口氣都很衝。」

「他很生氣吧。我就在妳身邊，卻一點用都沒有。」

漣的口吻並不生氣，十分平靜。看來眞的沮喪到底了。澪默然不語。澪和漣都很不擅長為彼此打氣。

漣蓋上吃完的便當蓋，擱到一旁。他正要拿起茶杯，手卻停住了。因為杯旁有隻狸貓。

「照手，你在啊。」

有著一身蓬鬆的褐色毛皮、配上渾圓雙眼的小狸貓，是澪的職神照手。照手的眼睛盯著便當盒。祂一步、兩步小心地靠近，抽動鼻子，聞著便當盒。

「……妳會給祂東西吃？」

「怎麼可能？祂是職神，又不會吃東西。」

「我想也是。」

照手聞聞便當盒，可能是膩了，往漣靠了過來。祂聞了聞漣的味道，前腳才剛搭上他的膝蓋，接著便跳上他的腿。照手又繼續不停地嗅聞他的衣服。

「是介意凪和朧的味道嗎？」

這兩個都是漣的職神。因爲是狼，所以狸貓也和狐狸一樣，顯得很排斥。

「職神有味道那些嗎？」

「不曉得。」

既然有聞味道的動作，表示聞得到吧。照手可能是滿意了，停止嗅聞，在漣的腿上蜷成了一團。是準備睡覺的姿勢。

「要睡了嗎？」

「照手常在廊台睡覺啊。」

「……這傢伙有職神的力量嗎？」

「不曉得。應該有吧。」

「妳啊……」

漣嘆了口氣，卻也沒有叫醒在腿上發出鼾聲的照手，只是發窘地俯視著祂。

隔天，澪和漣再次讓八尋開車前往橋那裡。八尋和昨天一樣，把車子停在橋前的林道。

「八尋叔叔可以一起來嗎？」
漣這麼拜託，澪吃了一驚。
「怎麼了，漣？突然變謙虛啦？」
八尋笑道，但漣沒有笑。
「只憑我一個人，如果遇到狀況，沒辦法保護澪。」
「哦～」
八尋搔了搔頭。
「我昨天的話傷到你了？那眞是抱歉啊。不過我不去。」
「爲什麼？」
「有你在就沒問題了。不過我也會派松風看著啦。」
「可是——」
「你的力量完全足夠，就是經驗不足，只要多多累積經驗就行了。願意低頭拜託我是好事，但還是先一個人試試看吧。沒問題的。」
漣一臉複雜地看著八尋，但很快地輕輕點了點頭。

「那，路上小心。」

在八尋送別下，澪和漣往橋走去。潺潺流水聲傳來，很快地在綠意間看見了一抹淡紅。是那棵櫻樹。

隨著靠近橋身，黑色的蜃影變得格外清晰。它沒有融入周圍的風景，只有那裡一片漆黑，宛如燒焦一般。

欄杆處孤伶伶地擺著富子供上的花束。花瓣隨風搖晃。來到橋的前面，澪停下腳步。

「……那，現在要怎麼做？」

漣站在澪的背後問，從搭在肩上的袋子取出杖刀。

「怎麼做……」

澪並沒有具體要做什麼的腹案。

「都來到這裡了，還這麼模糊不清？」

又變回平時的漣了。「可是——」澪正想反駁，這時一陣風吹了過來。櫻樹枝椏撓彎、摩擦，發出沙沙聲響。淡紅色花瓣散落，四下飛舞。一道清脆的聲響，一根折斷的樹枝落到澪的腳邊。是開著櫻花的細枝。澪把它撿了起來。

感覺一道清風吹過體內。鈴聲響起。明明她還沒有呼喚雪丸。

──神意。

原來如此，她想。就是這個。

澪手執櫻枝，朝橋面跨出一步。櫻花漫舞，覆蓋了整片視野，就好像一層又一層染上淡紅的紗。隨著澪邁出步伐，花瓣吹起又消失。來到橋中央左右時，她在漫天的花幕另一頭看見了女人。是以白布包頭、穿著窄袖和服的女子。是桂女。桂女依然以靜謐的眼神看著澪。

澪的腦中掠過一名男子的身姿，是陌生的男子。

──村長的兒子。

澪驚訝地看向桂女。是她在說話。

──我們說好要結爲連理……。可是……

聲音柔和，卻也哀傷到無以復加。

——和山門起了爭執……他委託我詛咒……

話語斷斷續續，無法明確地聽清楚，澪卻奇妙地理解了事情的原委。

桂女受訂下婚約的村長兒子之託，詛咒了仇家。然而對方答應娶她，只是爲了要她詛咒的謊言。

——寺院的法師反彈了詛咒……我害死了自己。

澪的腦中浮現身負宛如遭狗撕咬的重傷的桂女身姿。桂女渾身是血，從橋上跳入河中，沉入水底。櫻花花瓣落入黑夜的河水流逝。片刻後，一隻白色的手從水面伸出，抓住橋墩。另一手從水面伸出，一樣抓住橋墩。黑色的蜃影從爪痕升起，漸漸覆蓋了整座橋。

——爲何我會遇上這種事？是因爲我太笨了嗎？

好恨騙了自己的男人。但是就連那男人，都已經無所謂了。寺院的法師、神明佛祖那些也都不重要了，告訴我吧！爲何我會遇上這麼慘的事？

「爲什麼……」

腳下傳來幽微的聲音，澪低下頭去，穿水藍色開襟衫的女子抓住了澪的腳。女子渾身濕透。

「為什麼……」

女子的指甲掐進了腳踝。澪痛得皺眉，忍不住尖叫：

「……哥哥！」

尖叫聲未落，便響起利刃破風的「嗖」一聲。女子的手被斬斷，化成黑色的蜃影消失了。接著女人的身影也隨著哭喊聲消失了。

漣拿著杖刀站在那裡，目光四下掃視。

「出現了。」

就像漣說的，黑色的蜃影宛如噴煙般從橋下滾滾湧出。它們纏繞在橋欄杆上，全都變成了人的手。是濕漉漉的蒼白的手。手抓住欄杆，指甲深深地掐進去，開始搖晃。橋身晃動起來。澪一個踉蹌，撞到欄杆，被白色的手抓住了。

「好痛……！」

手拉扯著澪的頭髮。力道大得不只是頭髮，彷彿整顆頭都要被拔下來了。這些手，都是被桂女拉進河中的犧牲者嗎？

杖刀一閃，拉扯頭髮的力道消失了。澪倒在橋上。漣把想要抓住澪的手一隻隻斬斷。澪的視野中看見仍緊握在手中的櫻枝。

——對了，神明。

澪搖搖晃晃地站起來，和桂女對峙。桂女的眼睛儘管深沉，卻無盡地清澈。就宛如潔淨的水底。

——好哀傷的眼睛。

是遭到背叛的人，孤獨而寂寞的眼睛。澪知道另一個有著這種眼神的人。

那就是高良。

相信自己遭到背叛，把深愛的人拖入詛咒的輪迴，他一直深陷在痛苦當中。

因爲知道高良這個人，澪覺得自己能夠瞭解桂女受到的傷害有多深。

澪將櫻枝舉到眼前。小時候她聽伯父說過，樹木和石頭能夠讓神明憑附其上。澪感覺，櫻枝落到她的面前，一定是神明降臨的前兆。

「雪丸！」

白狼出現在空中。狼轉了一圈，變身爲鈴鐺。清澈的聲音響徹四下。白光充溢周圍。

桂女伸手，觸碰澪伸出的櫻枝。瞬間澪的腦中浮現在櫻花紛飛之中，在橋上發誓廝守的一對男女，隨即又消失無蹤。

澪把櫻枝交給了桂女。桂女將樹枝插進包在頭上的布中。

鈴聲作響。桂女的身姿在白光中逐漸變得稀薄、朦朧。鈴聲再響，桂女的身影消失了。

視野被櫻花花瓣覆蓋了。風捲起花瓣，吹散，帶往遠方。

不知不覺間，澪身在橋上，就只是聆聽著河流潺潺聲。回頭一看，漣把杖刀收入鞘中了。櫻花只開了三分，尚未凋落。

輕盈的物體觸碰臉頰，澪伸手捏起。是櫻花花瓣。

「結束了。」

回到車子，澪向八尋報告，八尋慰勞「辛苦了」。

「沒問題對吧？」

八尋回頭這麼說的對象不是澪，而是漣。漣別開目光，但仍順馴地回應「是的」。

一在車子裡安頓下來，疲倦頓時席捲全身。澪無力地靠在座椅上，開口問：

「麻生田叔叔，『山門』是什麼？」

「說到『山門』，就是江州山門，比叡山延曆寺。」

澪說出桂女所說的話，八尋爲她解釋：

「一乘寺村和修學院村，曾經爲了山境和延曆寺起過糾紛，或許是在

註

7：寬文年間爲一六六一年至一六七三年。

說這件事。那是江戶時代哪時候的事去了呢？應該是寬文年間[7]左右吧。最後應該是同意了村子主張的山境，但是在那之前，經歷了一番波折吧。不過居然敢對比叡山詛咒，那當然會被反彈回來了。比叡山是絕對不能與之爲敵的。」

「是這樣嗎？」

「對於密教僧和陰陽師，最好極力避免起衝突。眞的很麻煩的。還有嗯，跟其他的蠱師也是，尤其是和邇。」

「和邇……和邇學園的？」

「對，千年蠱的援助者。和邇家雖然也是蠱師，但跟我們有些不一樣。」

和邇家也是蠱師嗎？澪還以爲他們是普通人。澪想起那名自稱負責照顧高良的黑西裝青年。他也是蠱師嗎？

「唔，慢慢就會知道了。雖然麻煩，但遲早總是要交手的吧。」

八尋輕鬆地笑道。澪覺得他這番話就像是預言。

櫻花開了五分的時候，澪和漣一起出門散步。她有時會和漣像這樣散步。一方面也是因爲正值春假，沒什麼事好做。

玉青告訴他們，附近圓光寺的櫻花開得正美，因此兩人往那裡走去。前陣子的晴朗銷聲匿跡，這幾天春寒料峭，頗爲寒冷。澪穿著黑色高領線衫，漣在白上衣外頭罩了件灰色夾克。

「只是去附近散步而已，我一個人沒事啦。」

澪這麼說，漣反駁：

「這話去跟玉青伯母說吧。」

「就是不敢才對你說啊。」

「理直氣壯喔？」

忽然一陣冷風撲來，澪哆嗦了一下，把隨身帶著的披肩圍到身上，摩挲手臂。離開紅莊時，漣叫她帶件外套，所以她拿了披肩，眞該聽漣的勸的。

付了拜觀費，進入寺院，庭院裡的櫻花美得超乎想像。巨大的垂枝櫻從下方仰望，甚至覺得氣魄懾人。即使只開了五分，依然美不勝收。比起完全盛開，澪更喜歡這樣的程度。她從以前就不是很喜歡盛開的櫻花，會讓她覺得有些可怕。

「妳不是討厭櫻花嗎？」

兩人在櫻樹底下走著，漣這麼說。圓光寺以楓紅聞名，秋天擠滿了觀光客，但現在境內空無一人。是因爲正值平日清早，或是剛好遊客散去？

「也不到討厭……但完全盛開，會覺得有點可怕。」

「可怕？怎麼會？」

「覺得花會把我裹起來，帶去不曉得什麼地方。」

漣停下腳步，仰望櫻花蓓蕾。

「因爲花是神的依代。」

突然冒出漣以外的聲音。澪和漣都吃了一驚。高良就站在垂枝櫻另一頭。

「每次都突然冒出來……」

澪傻眼地說，高良不理會，走近過來。他還是一樣穿著制服，開襟衫的深藍在一片淡紅的景色中顯得格外突出。但比起衣物，高良自身更是與櫻花相得益彰。就連這個時節的主角櫻花，面對高良，都只能退居背景。

「使用櫻枝是很不錯的決定。」

是在說之前的桂女的詛咒吧。

「因爲櫻枝剛好掉在腳邊。我做對了？」

高良點點頭：

「巫女必須能解讀神意，才能勝任。人聲、鳥聲、露水的分布、降霜的狀況，一切事物皆有神意。如果巫女的力量不夠，就會錯過這些徵兆。」

「神意都能看得出來嗎？」

「所以說，這要看巫女。」

好困難。澪沒有自信每次都能做到，但她必須每次都能成功吧。

「好。我會努力。」

澪說，高良看似淡淡地笑了。

「那個，上次的壺，還有這次，謝謝你幫了我。」

高良目不轉睛地盯著澪的臉，接著垂下目光。櫻樹在他的臉落下陰影。

澪總覺得高良就要被櫻花吞噬、攫走了。

「……如果我祓除了你的詛咒，你會怎麼樣？」

高良一臉詫異：

「我之前不是說過了？我會消滅。」

「我是聽你這麼說過……可是怎麼說，你的精神，還有你的肉體那些……」

「我自身就是千年蠱，魂魄和肉體是一體的。祓除我身上的詛咒，就等於是消滅我。」

澪噤聲望向腳邊。被風吹落的櫻花花瓣，被行人踩踏碎裂了。

「妳不必迷惘。殺了我就是了。」

聽到這話抬頭一看，高良已經不在那裡了。只看見垂枝櫻和水藍色的天空。

——這也是已經重複過不知道多少遍的對話嗎？

澪——不，重生之後的多氣，是一次又一次像這樣迷惘過來的嗎？高良說的『不必迷惘』，意思是沒有餘裕去迷惘了嗎？

——可是……

看起來高良每見到澪一次，就受傷一分。他散發出寂寞、悲傷的氣息。

「澪。」

漣出聲呼喚，澪回過神來。回頭一看，漣待在相隔一棵的櫻花樹下。她和高良說話的時候，漣似乎迴避了。爲什麼呢？

「回去吧。」

「……嗯。」

又一陣寒風吹來，澪攏緊了披肩。

*

「又到了花冷[8]的季節呢。」

秋生說，仰望八瀨的大宅庭園綻放的櫻花。正確地說，是秋生的幽靈。

他把手伸進靛藍色紬布和服的袖口，寒冷地拱著肩膀。

「你是幽靈，怕什麼冷？」

坐在廊台的高良說。

「不不不，就算變成幽靈，還是感覺得到冷熱的。是記憶的重現嗎？」

「也就是心理作用吧？」

「要是這樣說，活人也一樣，多半的感覺都是心理作用吧？」

「你就算死了，還是一樣貧嘴。」

高良傻眼，但秋生開心地笑了。秋生——忌部秋生是高良在前世認識的蠱師，也是朋友。秋生應該已經超度了，然而把他的遺骨葬在這裡的庭園後，他又再度現身了。說是放心不下高良。

「那女孩——澪小姐好嗎？」

「……看起來很好。」

「那太好了。」

高良只要看見遭遇邪靈攻擊、幾乎快倒下的澪，便會感受到撕心裂肺般的痛。不，就算澪好端端的，只要面對她，高良就無法保持平靜。會感覺好似不斷地遭到重毆。他寧可眞的被打。罪惡感、焦灼以及悲傷，種種情感交織在一起，讓他的心胸波瀾大作。聽到澪說「謝謝你」，他更是痛苦不堪。因爲澪的痛苦，都是高良一手造成的。

就算憤怒到失去自我，自己怎麼有辦法對多氣下那種詛咒？當時的自己，完全就是邪靈吧。可惡的千年蟲。最讓高良痛恨的就是自己。

「澪小姐有膽識，而且聰慧伶俐。她應該能如你所願地行動。」

「你還是一樣，太樂觀了。」

就是因爲這樣才丟了性命，實在沒救。

註

8．花冷（花冷え）指的是春季櫻花盛開的時節，氣溫又忽然轉冷的現象。大約是三月下旬至四月上旬。

「要我跟你打賭也行，她會成功。」

「你這個幽靈拿什麼跟我賭？」

秋生微笑：

「我拿照手跟你賭。」

高良瞪大了眼睛：「難道……」

「我讓照手跟著她。照手應該能幫上忙。」

「那當然了。照手是忌部的守護神。你死後忌部就是沒人收服得了祂，才會衰敗下去。」

——這樣啊。照手……

如果有照手守護著澪，就可以稍微放心了。

高良暗自鬆了一口氣，這時走廊傳來腳步聲。秋生倏然消失。彎過轉角，現身廊台的是青海。青海在和邇本家受到嚴格的訓練，行動時無聲無息，但高良命令「不許躡手躡腳靠近我」，他才刻意發出腳步聲過來。

青海在高良旁邊跪下來：

「高良大人，方便打擾嗎？」

「怎麼了？」

秋生好像不喜歡青海，每次青海一來，他就會消失。

「我派了波鳥護衛澪小姐。」

高良蹙起眉頭。

「叔叔在提防澪小姐，命令我監視她，並吩咐我視情況將她收拾掉……」

——那個俗物。

高良咂了一下舌頭。和邇會提防澪，並不是擔心高良與澪聯手，為害世間，而是害怕澪真的把高良給祓除了。失去了千年蠱這個可利用的棋子，對和邇將是一大損失。

高良怒形於色，青海抬起一手制止，示意他聽到最後。那無禮的舉動讓高良很不愉快，但默默催促下文。

「要派誰監視，叔叔交給我決定。我認為可以陪在澪小姐身邊一同生活的同齡女子較好，挑選了波鳥。叔叔也同意了。」

高良看著青海的臉。那張臉上看不出感情。

「你剛才說護衛。」

高良說，青海點點頭。

「你的意思是，以監視的名目派波鳥護衛嗎？」

「沒錯。」

「爲什麼？」

「我認爲這才是對高良大人好。」

無法理解。青海那張臉，不像是想要協助高良的表情。不過，世上再也沒有比主動說要協助的人更不可信的了。

「我負責照顧高良大人，因此我只爲您行動，而非順從叔叔的利益。」

高良認爲青海應該另有理由，但現在重要的是澪。必須確保澪安全無恙。不管是邪靈還是人，都不能讓他們傷害她。

「……波鳥有辦法護衛嗎？她只是個沒什麼力量的小丫頭吧？」

「最起碼可以挺身當盾。」

高良皺眉：

「她不是你妹妹嗎？」

高良說，奇妙的是，青海露出了一抹微笑：

「高良大人，她不是那麼輕易就會被打破的盾，請勿擔心。」

＊

入學典禮時，櫻花已經過了盛開的時期。

漣走出東山站，爲了前往入學典禮會場所在的京都市勸業館，選了白川旁邊的小路朝北邊走去。是平安神宮所在的方向。沿河林立的櫻花樹極爲壯觀，花瓣翩翩飄落水面的景色美極了。觀光客頻頻對著這一幕拍照。

「不好意思。」

有人出聲，漣停下腳步。一名身穿灰色西裝的青年一臉爲難地站在那裡。漣猜出是新生。因為他自己也是同樣的西裝打扮。氣質不像上班族，也不像求職的大學生，因此一看就知道是新生了。

「你也是新生吧？我是大阪來的，可是迷路了。我可以跟你一道走嗎？」

青年的口吻溫文儒雅。

「請便。」

漣簡短地應道。不過他也納悶，就算不找漣，周圍也有許多貌似入學新生的男女，只要跟著他們沿河走下去就行了。

「太好了，謝謝你。一個人實在很不安。」

青年鬆了一口氣的樣子，跟在漣的旁邊往前走。青年氣質出眾，長相標致，個子挺拔修長，體型勻稱。臉上掛著溫和的笑容，因此也很容易親近。相反地，漣頂著張臭臉，一副拒人千里之外的樣子。漣不明白青年怎麼會偏偏挑了自己攀談。

「我叫日下部。日下部出流。你叫什麼名字？」

「麻績。」

「麻績啊。名字呢？」

「漣。漣漪的漣。」

「好帥的名字。啊，我的名字出流，是出去的出，流動的流。我們是三點水夥伴。」

「三點水夥伴……？」

什麼跟什麼？漣心想。輕風徐拂，水的氣味變濃了，漣望向河流。河面反射著燦陽，櫻花飄落其上。花瓣在流水沖激下沉入了水裡。

龍神的新娘

○○○

龍神の花嫁

櫻花凋零時，新學期到來，澪升上了高二。

「一開學就考試，眞是討厭。」

開學典禮結束，回到教室的途中，茉奈埋怨說。澪和茉奈又是同班，光是這樣就讓她大爲安心。

「沒有不及格的科目或補考，還算好的吧？」

每次長假結束都有實力測驗。用意是要學生在放假期間也不能荒廢課業。

「反正小澪不可能不及格。我光是聽到考試就討厭死了。」

茉奈誇張地嘆氣。澪輕笑了一下，望向窗戶，看見中庭的櫻花樹。花已經謝了九成，落地的花瓣被風捲起。抬頭一看，對面的校舍映入眼簾，澪訝異地停下腳步。

呈ㄈ字型的校舍另一側是家政教室等專科教室大樓，平時沒有學生，今天是開學典禮，更不會有人了。然而那棟大樓的走廊卻有一名女學生在奔跑。遠遠地看不到臉，但女學生不停地回頭看後方，像是在逃離什麼。澪循著她回頭的方向看去，險些驚呼出聲，好不容易才吞了回去。

——有邪靈。

一團黑色的蜃影滑行似地追趕著女生。發現這件事，澪立刻拔腿奔去。

「咦！妳要去哪裡？」

「有點事！」

澪穿過成群的學生，跑向連接對面大樓的穿廊。來到穿廊入口時，她在深處看見了那個女生。女生正朝這裡跑來，邪靈就緊跟在她身後。黑色的蜃影搖晃著，冒出人的手來。距離還很遠，卻異樣清晰地看見手上酒紅色的指甲油。朝這裡跑來的女生臉上充滿了恐懼。

「雪丸！」

澪喊了一聲，一陣疾風竄過身旁，是白色的風。才剛瞥見狼的身影，雪丸已經衝向了女生背後的邪靈，把它撕咬開來。一陣辨別不出男女的呻吟聲後，邪靈消失了。女生腳底一絆，跌倒在地上。

「妳還好嗎？」

澪跑到女生旁邊。那是個嬌小的女生，亮麗的栗色頭髮是及肩的鮑伯頭髮型。少女一定很害怕，不停地抽泣著。澪伸手扶她站起來，但少女依然蹲在地上哭個不停，似乎站不起來。

「妳看得到剛才那個呢。」

澪確定地問，少女點了點頭：

「我、我經過校舍裡面……突然……」

澪遞出手帕。少女猶豫了一下，最後還是接過去抹了抹眼淚。

「謝……謝謝妳。」

雖然還有點抽噎，但少女抬頭向澪道謝。

——好漂亮的女生。

澪心想。少女的眼睛淚濕，鼻頭也都紅了，但還是看得出面貌姣好。眼瞳的色素偏淡，眼型秀氣，鼻梁也很高挺。她覺得很像什麼人，卻一時想不起來。女生看起來很乖巧。

「妳是一年級嗎？」

少女搖搖頭：「我二年級。」

澪還以爲少女比自己小，因此吃了一驚。同年級有這樣的女生嗎？

「那個……您是麻績澪同學，對嗎？」

少女怯怯地問。

「呃，是啊。」

「我叫和邇波鳥。」

——和邇。

一聽到這個姓氏，澪想起這名少女像誰了。是照顧高良的和邇家的人。

記得名字是青海。

「和邇……妳認識青海先生嗎？」

少女的臉一下子亮了起來，再三點頭：

「您認識家兄嗎？啊，我是他妹妹。哥哥叫我護衛澪同學——」

「咦？護衛？」

沒頭沒腦的，這是在說什麼？

「對，護衛。所以我才會轉學過來。」

「咦！」

「我之前是讀和邇學園。」

「……特地轉學過來？」

「家兄叫我這麼做。」

「咦咦……？」

完全不懂。和邇的人爲什麼要護衛澪？說是青海的指示，也令人不解。

「總之妳先起來吧。班會要開始了，得回去教室才行。妳是哪一班的？」

「二班。」

「跟我一樣。」

「是的。」波鳥點點頭，一副理所當然的模樣。

「詳情我晚點再問妳，不過妳不能被除邪靈嗎？我聽說和邇家的人也是蠱師。」

「我不行。我看得見，但沒有能力祓除。派不上用場，眞對不起。」

波鳥羞愧地低下頭去。

——這樣卻要來護衛我……？

澪更不解了。到底是怎麼回事？

「……我們同齡，妳不用對我用敬語吧？」

「對不起。」波鳥驚慌失措。「啊，可是家兄要我千萬不能失禮……」

「一點都不失禮啊。」

波鳥似乎猶豫不決。是在猶豫該聽從哥哥的吩咐，還是澪的話嗎？

「……唔，隨妳的便吧。」

澪說，波鳥顯然鬆了一口氣。

——好奇怪的女生。

澪這麼想著，返回教室了。

「咦！轉學生是小澪的朋友嗎？」

實力測驗之後，茉奈和波鳥同時來找澪，剛好遇在一起。班會上老師介紹了波鳥，但波鳥似乎不擅長這樣的場面，不停地發抖，就像隻淋濕的吉娃娃。

「我叫和邇波鳥。」

「這個名字好難寫喔。和邇爲什麼會讀作 WANI 啊？跟鱷魚[9]有關係嗎？」

茉奈雙手上下合攏，似乎是在模仿鱷魚的嘴巴。

「不是，呃，最早好像是鰐積（WANITSUMI），後來變成和邇……啊，WANI 的漢字也有很多寫法……」

「不太懂耶。我可以叫妳波鳥吧？」

茉奈直接拋開波鳥的說明，這麼決定。

「波鳥這個名字，跟小澪一樣很有海的味道呢。妳們是親戚嗎？」

「不是。不過雖然不是親戚，但很接近。」

「咦！接近？什麼意思？」澪插口問。

「麻績和和邇都是海人族。」

「咦……是嗎？」

「是的。」

「可是，麻績不是麻績王的末裔嗎……？」

「根據傳說，海人是母親那邊的血統。」

「什麼海人？尼姑嗎？[10]」茉奈聽得一愣一愣。

「海人是在海邊生活的人。現在不是還有海女嗎？」

「哦，會潛水的海女。」

「我們的名字會跟海有關，是因爲我們是海人族。」

——原來是這樣嗎？

註9：日文的鱷魚漢字爲「鰐」，讀音爲WANI，與「和邇」同音。

註10：「海人」的日文讀音爲「AMA」，和尼姑的日文「尼」同音。

新的資訊不停地冒出來，澪陷入混亂。

「那，波鳥和小澪本來就認識是嗎？」

「也不算認識，我是澪同學的護衛——」

澪拉扯波鳥的袖子，波鳥卻沒有意會：「怎麼了？」

「波鳥爲什麼要用敬語說話啊？」

「這是家兄的囑咐。」

「原來妳有哥哥？妳哥哥這麼嚴喔？」

「家兄是高良大人的——」

「我要趕公車，先走了。」

澪打斷波鳥的話起身。她的計策是，既然波鳥以護衛自居，應該會跟上來吧。再讓她繼續跟茉奈說下去，不曉得會說出什麼話來。

波鳥也眞的連忙抓起書包跟上來：

「我奉陪您一起去。」

——什麼奉陪您一起去。

又不是在演古裝劇，澪按住了額頭。這個女生實在有點奇葩。

「那，茉奈，明天見。」

「嗯，拜拜。」

茉奈活力十足地揮手，澪朝她回笑了一下，走出教室。波鳥快步追了上來。

「我說，蠱師的事，還有家裡的事，可以不要跟別人提起嗎？」

澪提醒說，波鳥睜圓了眼睛：

「抱歉，我以爲茉奈同學知情。」

「啊……」難怪。「茉奈不曉得啦。應該說，就算對方知道，也不要在別人面前提起。」

「好的。」

波鳥乖乖點頭，但是不是眞的明白了，實在可疑。

澪換上戶外鞋，走出校門，前往公車站。波鳥也跟了上來，澪問：「妳家在哪裡？」

「修學院那邊。那裡有和邇家的別墅。」

那，是搭公車上下學嗎？

「會一起坐一段呢。」

「不，我也會搭到一乘寺，送澪同學到紅莊。」

「咦……為什麼？」

「因為我是護衛。」

「……妳說的護衛到底是什麼？妳又不能祓除邪靈。」

波鳥為難地仰望澪。身材嬌小的波鳥可能比高眺的澪矮了十公分有。

「澪同學沒有聽說嗎？叔叔——和邇家的當家不願意高良大人被祓除。而現在這件事有可能成真，因此叔叔或許會除掉澪同學。」

澪傻掉了。——什麼跟什麼？

「現在應該僅止於對您有些提防……但叔叔命令家兄派人監視您，家兄心想既然如此，便派我過來。」

「妳是來監視我的嗎？」

「不，我是護衛。」
「……我不懂。」
波鳥垂下頭去：
「對不起，我很不會說明。如果是家兄，一定就能解釋清楚了……」
澪在腦中整理了一下資訊：
「也就是說，妳是以監視爲名目，來保護我不受妳叔叔的傷害，是嗎？」
波鳥倏地抬頭：「對，沒錯！澪同學眞是聰明！」
「……妳在護衛方面很強嗎？妳有練空手道，還是會防身術嗎？」
波鳥搖搖頭。
「那，爲什麼會派妳？」
「家兄說我是最適合的人選……」
——更不懂了。
但也覺得那個一看就很精明的青年這麼做必有道理。其中有什麼理由吧。自己會有機會向他問清楚嗎？還是問高良就行了？——不，這會不會就是高良的指示？

也許吧，澪心想，稍微接受了。問波鳥八成也問不出個所以然，下次遇到高良再問他就行了。

「我知道了。這件事先算了。」

澪打住這個話題，波鳥的神情變得有些落寞：「對不起，我實在很沒用……」

澪目不轉睛地看著波鳥：

「妳說的話有沒有用，是我的問題，妳沒必要感到抱歉啊。」

波鳥抬頭。

「……雖然這也不是我該說的話，但妳那種自己沒用的想法是從哪裡來的？是妳哥這樣說妳嗎？」

「不是的。」波鳥用力搖頭。「家兄總是叫我不要說這種話。」

「那就最好不要說。不管對別人有沒有用，跟妳本身都沒有關係。」

波鳥默默地眨眼，若有所思。

走到公車站時，公車正好到站，兩人一起上了車。澪強硬拒絕波鳥和自己在同一站下車。

「可是……」波鳥不願退讓。

「我反而還比較擔心妳。」澪傻眼地說。「妳有辦法好好回家嗎？知道要在哪一站下車嗎？」

「呃……」

「假設妳送我回家，妳知道要怎麼從紅莊去公車站嗎？妳一個人有辦法回家嗎？」

「……」波鳥露出驚覺的表情，好像這才想到這個問題。這樣子實在不行。

「我說這話是爲妳好，妳直接回家吧。然後跟妳哥哥報告，說我說不需要上下學的護衛。」

「啊，好的，我會跟家兄報告。」

祭出「向哥哥報告」這個名目，波鳥似乎終於接受，點了點頭。

——眞吃不消。

澪嘆了口氣，走下公車。總覺得前景堪慮。

一回到紅莊，便聞到撲鼻的高湯香氣。澪招呼「我回來了」，去廚房看了看，玉青正在鍋中打入蛋花。

「妳回來了。我正想妳差不多快回來了，開始煮飯，算得很準呢。」

「好香喔，是親子丼嗎？」

「沒錯，猜中了。」玉青蓋上鍋蓋。「去洗手吧。我來準備碗筷。」

「好。」澪應聲前往盥洗室。途中經過起居間，看見八尋正在拿抹布擦矮桌。

「久違的校園如何啊？」

「和邇家的女生轉學進來了。」

「嘿？」

澪擱下說明，先去洗了手，回來起居間時，矮桌上已經擺好了親子丼。熟度恰好的半熟蛋看起來耀眼生輝。還有加了麩的味噌湯和米糠醃菜。

朝次郎也來了，四人在桌邊坐下。漣還在大學上課。

「漣好像已經在大學交到朋友了呢。」玉青說。

「好像呢。」澪回應。

「太好了。雖然漣在人際方面好像不太在行。」八尋說。

「是啊。」澪說。

「會嗎？漣很老實，是個好孩子啊。」朝次郎說。

漣莫名地很有長輩緣，朝次郎應該也很欣賞漣。

「愈是老實的好孩子，愈容易吃苦啊。」八尋說。

「是啊，活得像八尋這麼隨便比較好。」

「玉青嫂，這話是我的親身體會好嗎？」

八尋和玉青總是十分健談，不過感覺像是八尋在配合話多的玉青。朝次郎就算玉青向他攀談，有時也會當成耳邊風，而且基本上沉默寡言。澪多半都只負責聽。一方面也是因爲飯菜美味，都專心在吃飯的關係。

「——那，小澪，妳剛才提到的那件事……」

吃完飯，正在喝飯後的茶水時，八尋重拾話題。玉青在廚房收拾善後，朝次郎說鄰居有事拜託他，出門去了。

「妳說有和邇家的女生轉學進去？」

「對，轉到我們班。她的哥哥是負責照顧高良的人。」

「嗯嗯……？噢，原來如此。」

「她說她哥哥指示她來護衛我。」

「護衛妳？爲什麼？」

澪說出波鳥告訴她的理由。

「原來，總覺得事情變麻煩了吶。」

八尋面露苦笑。

「麻績家是海人的家系嗎？」澪問。

「嗯？」

「波鳥——那個和邇家的女生這樣說。」

「哦，唔，是啊，以根源來說算是。根據蠱師的傳說，麻績王的母親是海人族阿曇氏，是古代海人族。在古代，有不少海人族的后妃。和邇也嫁了不少女子給大王當后妃。不過和邇氏和後來的蘇我氏不同的地方在於，沒有因此做爲外戚掌握政治實權。而且後來和邇就從歷史的舞台上消失了……不過整個海人族都是如此。」

八尋喃喃說「該怎麼說明比較容易懂呢」。

「日本是島國，所以擁有航海技術的海人族很受器重。海人族和中國、朝鮮半島互有往來，也有物資運輸，因此也受到大和王權倚重，不過勢力是會消長的。海人族從協助變成從屬，存在感日漸薄弱——這是海人族全體的狀況。」

接著是和邇氏——八尋接著說下去。

「海人族當中，和邇氏也算是勢力相當龐大的一支。他們的女兒成爲后妃，而且有許多末裔。古代海人族大致上可以分成三個系統，和邇氏和麻績王的母親阿曇氏，都一樣是阿曇系。其他的系統……現在就先不交代了。傳說阿曇系的源頭是春秋時代來自中國南部的海人族。」

「春秋時代的中國——千年蠱誕生的地方？」

「唔，是啊。不過應該是不同的國家。海人族擅長咒術，各有各的獨門咒術。和邇和麻績會成爲蠱師，是因爲那原本就是他們的營生之一。」

「這樣喔……？」

「和邇就像我剛才說的，勢力龐大，末裔也多。上高野、滋賀的湖南、湖西地區等地方，現在仍是和邇的勢力範圍。而且也留在了地名裡，在檯面下仍頗有勢力。和邇和麻績並非敵對，但他們是想要利用千年蠱的一派，因此互不相容。阿曇氏與麻績有關，因此雖然同是阿曇系，與和邇還是水火不容。」

「這樣啊。」澪點著頭，喝了口茶。和邇、麻績、阿曇，她快要搞混了。

「說到阿曇，喏，長野不是有個叫安曇野的地方嗎？[11]」

可能是察覺澪陷入混亂，八尋說道。

「安曇野？的確有呢。」

安曇野在縣內也是首屈一指的觀光勝地。

「那是阿曇族遷居到該地，所以才有了這個地名。」

「咦，是這樣嗎？」

「就像這樣，不只是阿曇，各地都有許多和海人族有關的地名。像渥美半島、厚見、安曇川[12]。ATSUMI 或 AZUMI 與其說是指阿曇族，似乎更是廣義地泛指海人族。至於其他的海人族，像賀茂也在全國各地留下了地名。」

「賀茂……上賀茂或下鴨[13]？」

註 11：阿曇的發音爲 AZUMI，安曇野的「安曇」也是同音。

註 12：渥美、厚見、安曇川的安曇，發音各別爲 ATSUMI、ATSUMI、ADO，皆與「阿曇」音近或字近。

註 13：賀茂的發音爲 KAMO，與日文的「鴨」同音。

「對，雖然漢字各有不同，寫成賀茂、加茂、鴨等等，但這樣的地名或河川名，全國各地都有。」

「是喔……」

澪第一次知道。

「就像這樣，海人族其實遍布全國各地。」

「原來如此。」澪行了個禮。「謝謝你的解說。」

「不不不，這只是開頭，只要半天的時間，我可以說明得更詳細。」

澪實在不想聽八尋上課到天黑。「我現在知道這些就夠了。」她恭敬地婉拒了。

「對了，麻生田叔叔，你回覆委託的村公所人員了嗎？」

雖然也不是換話題的藉口，但澪想起要向八尋確認的事。現在澪替粗枝大葉的八尋管理行程。

「啊，忘記了。」

「對方不是希望你在兩、三天內通知方便的時間嗎？所以我才趕快挑了我可以去的日期跟你說了啊。」

「抱歉抱歉，既然都抱歉了，小澪，可以順便拜託妳幫我打電話嗎？」

「電話自己打啦。要是對方問我驅邪的事，我也答不出來啊。」

「那，我等下打。」

「你絕對又會忘記。現在就打，馬上！」

「咦～」八尋一副嫌麻煩的樣子，但是被澪一瞪，便從口袋掏出了手機。確定八尋打了電話，澪起身離開。

她走出起居間，回到自己的房間。照手蜷在坐墊上睡覺。完全就是寵物狸貓。澪在榻榻米坐下來，撫摸照手的脖子。

——什麼和邇、海人族，總覺得事情愈來愈複雜了……

澪置身的狀況就已經夠棘手了。

——巫陽每次重生，都會被捲進這種麻煩事嗎？

和詛咒、人的算計牽纏不清。

連澪都覺得受不了的這種狀況，巫陽卻帶著絕望，一次又一次地不斷經歷嗎？

「……」

澪摸了摸自己的咽喉。總覺得哽住了似地，呼吸不過來。看看窗戶，山茶花在地上投下又深又濃的影子。

波鳥在修學院下了公車，火速返回和邇的屋舍。這裡雖然是和邇家的別墅，但比起大津的本家，叔叔更常住在這裡，沒有父母的青海和波鳥兄妹從小就在這棟屋子成長。與其說是在這裡成長，更應該說是在這裡工作。

「怎麼這麼晚才回來！」

波鳥從後門躡手躡腳地進屋，卻被厲聲一喝，整個人僵在原地。

「拖到現在才到家，妳是在摸什麼魚？龜甲的腰帶哪裡去了？不是叫妳拿出來準備好，妳是聾了嗎？我都要出門了！」

一名年過四十的婦人穿著一襲深紫底色菖蒲花的付下和服[14]，煩躁地滔滔叨唸。是美登利。她是和邇家的女總管，從以前就是叔叔的情婦。

「呃……我放在桌上了……」

「不是那一條，是白底金絲那條，還要我講才知道嗎？眞是，有夠遲鈍。」

「……對不起。我這就去拿。」

波鳥連忙脫了鞋，往屋內走去。美登利一把揪住她的肩膀。波鳥一個踉蹌，撞上牆壁。

「蠢蛋，妳是沒長眼睛嗎？我早就綁好別條腰帶了。都怪妳拿錯，我只好綁別條了。妳現在再去拿，也來不及了好嗎？」美登利啐道。「想一下就知道的事，妳怎麼沒腦成這樣？」

波鳥垂下頭去，只得道歉：「對不起。」從波鳥小時候開始，美登利似乎就對她的一切看不順眼，總是這種態度。

註

14：付下和服（付下げ）是圖案花紋較爲簡素的訪問用和服。

「那條腰帶剛做好，我都說好要在今天的聚會讓大家看看了，妳這不是害得我言而無信了嗎？真是，沒用的廢物！」

美登利輕蔑地俯視波鳥。每次被她用這樣的眼神看待，波鳥就會全身僵硬，呼吸困難，腦袋更加失靈了。美登利看著這樣的波鳥，不知道想到什麼，忽然放緩了表情，在她耳邊細語：

「……青海好嗎？他都不過來這裡看看，叫他偶爾也要過來坐一坐啊。好嗎？」

美登利的聲音帶著黏膩的濕氣，宛如蛞蝓爬過的痕跡。

波鳥知道青海在躲美登利。

「啊，除非叔叔交代，否則哥哥不會過來這裡。」

美登利咂了一下舌頭：

「沒用的東西！」

她搧了一下波鳥的頭，走掉了。傳來叫喚司機的聲音，是要出門了吧。

波鳥悄悄地吁了一口氣，回到房間。接下來得清洗應該累積了一堆的碗盤，還有打掃。以前這裡有許多傭人，但美登利說「請人也是要花錢的，有波鳥就夠了」，打發了那些人。

——沒用的東西。

自幼就一直被灌輸的這個評價，深植在波鳥的心胸，無法拔除。但——

波鳥正要換下制服，這時手機響了，她嚇了一跳。是青海打來的。她連忙接聽電話。

「哥……哥哥。」

「波鳥，學校怎麼樣？」

青海的話很簡潔，但語氣柔和，不像對別人說話時那樣冷硬。波鳥微笑：

「嗯，其實我被邪靈攻擊了，可是澪同學救了我。」

「這樣啊。」

「她眞是個好人。而且好美……她很堅強……又溫柔……」

澪的話在波鳥心中響起：

——妳說的話有沒有用，是我的問題，妳沒必要感到抱歉啊。

——不管對別人有沒有用，跟妳本身都沒有關係。

波鳥聽了，覺得胸口一陣暖意洋溢，就像被哥哥稱讚時一樣。

「或許跟哥哥有點像。」

「……這樣嗎？那太好了。」

青海口氣有些詫異地說，但放心地掛了電話。哥哥感到放心，波鳥也覺得高興。波鳥心想要是可以再跟哥哥一起生活就好了，換好衣服，離開房間。

「麻績同學，你決定參加什麼社團了嗎？」

聽到聲音，漣回過頭去。臉和名字還連不起來，但應該是同學的三、四個女生聚在一起。他覺得入學典禮當天好像也被她們搭訕過。

「不，我不參加社團。」

「咦！真的嗎？爲什麼？」

說話沒有關西腔，應該不是當地人。成日被關西腔圍繞，對於沒有關西腔的人便有種莫名的親近感。漣猜想她們應該也是如此。

「我很忙。」

「忙著打工嗎？」

「……嗯，差不多。」

漣放心不下澪，也想接蟲師的案子，還有學業要顧，他分身乏術。

「再見。」

漣留下似乎還有話想說的女生們，前往停放自行車的西門附近的停車場。校園內，各社團正如火如荼地對新生展開招生活動，動不動就被塞傳單、靠上來推銷，因此漣想搶在招生人員靠近前先開溜，快步往前走。雖然後方傳來跑過來的腳步聲，但漣不認爲那是在追他。

「等一下，麻績！喂！」

被喊出名字，漣終於停下腳步。追上來的男生疲倦地肩膀起伏喘氣，是出流。

「總算追上你了，麻績，你也走太快了。」

出流溫和地笑道。雖然他的個子和漣差不多高，但也許是因爲氣質溫和，不會讓人感到壓迫。他大部分都是襯衫加合身長褲打扮，今天也是如此，穿著帶灰調的水藍色襯衫配亮灰色長褲。漣則是黑色線衫搭深灰色長褲，兩人的明暗正好呈現對比。

「有事嗎？」

「沒事，只是好奇你要加入什麼社團。」

「剛才也有人問我。我很忙，不會加入社團。」

漣簡單地答道，再次邁出步子。

「啊，等一下。那如果是不用練習、不占時間的社團，你就可以參加吧？」

「怎麼，你是在拉人嗎？我對社團活動沒興趣。」

「我想組一個『史蹟研究會』。」

出流雖然人很溫呑——不，也許就是因爲這樣，有些我行我素，不聽人說話。

「我沒興趣——呃？你要組社團？」

「對，我想四處去逛史蹟。不是太正式的考察，就輕鬆參觀那樣。」

「……喔，很好啊。我沒興趣。」

「都沒有人要參加，我好寂寞啊。」

「不會吧？參觀史蹟的話。」

「我說想要去逛變成靈異景點的史蹟，就被拒絕了。」

漣停下腳步。「靈異景點？」

「對啊，京都周圍有很多這樣的地方吧？我是大阪人，一直想說如果哪天在京都生活，就要去看看。」

「那不是『史蹟研究會』，是『靈異景點愛好會』吧？」

「不不不，不是單純的靈異景點，必須是歷史悠久的地方。——對了，麻績，你知道滋賀的木澤村嗎？在深山僻野，縣境跟京都很近。聽說那裡鬧鬼呢。」

「那裡不是京都。」

「就說在跟京都距離很近的縣境啊。我想去那裡看看，當做『史蹟研究會』的第一場活動。麻績，你要不要一起去？」

「不要。」

「我可以配合你的預定。」

「就說我不去了。」

「平日也可以。我一個人不敢去啦。我喜歡可怕的東西，可是又很怕。」

「那就不要幹這種事。」

「木澤村眞的很恐怖說。好像還有人在那裡失蹤。」

漣皺起眉頭：

「……不要跑去那種地方。不會有好下場的。」

出流微笑：

「所以陪我一起去吧！」

「這個星期天，我要跟朋友去滋賀。」

晚餐時漣這麼說，澪正要伸向薑汁燒肉的筷子停住了。矮桌上有薑汁燒肉、大量的高麗菜絲、馬鈴薯沙拉，以及新洋蔥味噌湯。薑汁燒肉是澪和漣都最愛的一道菜。

「漣兄要跟朋友出門？好難得喔。」

「莫名其妙就變這樣了。」

「大學朋友嗎？」玉青問。

「對。」

「真棒，盡情去玩吧。難得的大學生活，得好好享受才行。要去滋賀的哪裡？」

「木澤村。」

聽到這個地名，澪忍不住看向八尋。八尋塞了滿嘴飯，看著漣。

「那裡是哪裡？觀光景點嗎？」玉青一臉詫異。

「聽說在山裡。我不清楚。」

「怎麼會跑去那種地方？」八尋以若無其事的口吻問。

「我朋友說想去。」

「爲什麼？」

「……他說那裡是靈異景點。」

「哈哈……」

八尋看了一下天花板，又繼續吃飯。八尋不說話，因此澪開口：

「……這個星期天，我們也要去那裡。」

「咦？爲什麼？」

「因爲那裡是靈異景點啊。有村公所的人委託麻生田叔叔去驅邪。」

漣睜大了眼睛：

「看來那地方眞的很不妙。」

「連公所的人都來拜託了，肯定很不妙吧。」

「那個村公所的人是我大學學弟。」八尋說。「感覺像是因爲認識我，所以姑且拜託看看，還不太清楚是不是眞的嚴重到無計可施。」

「電話裡是怎麼說的？」

「我學弟是個老實人，聽起來像是上頭叫他想辦法，他也不知道該怎麼辦才好。」

「……發生了什麼非想辦法不可的狀況嗎？」漣問。

「你沒聽你朋友說嗎？」

「他說鬧鬼，還有人失蹤。」

「我學弟倒是沒提到有人失蹤呢。應該也不是故意隱瞞吧。……不過嗯，的確是鬧鬼。」

「怎樣鬧鬼？」

「村郊有個叫什麼淵的地方，水很清澈，似乎很漂亮。水非常透明，湖底是青綠色的，顏色就像寶石一樣。因爲拍起來很漂亮，在社群媒體上有名起來，成了觀光景點。最近好像常有這樣的事呢。村公所似乎也打算利用這個機會，振興村子的經濟。可是沒多久就傳出鬧鬼的風聲。」

「風聲嗎？」

「從那時候開始，觀光客就退潮似地數量銳減。我倒覺得與其說是鬧鬼害的，更應該只是熱潮過去了吧。然後，爲了吸引新的遊客，也得先解決鬧鬼的問題才行吧？所以村公所的人爲了確定傳聞眞假，去了那個叫什麼淵的地方。」

「然後撞鬼了嗎？」

八尋歪起了頭：

「學弟說不清楚。村子本身幾乎就在山裡面，所以那個淵也在森林裡。聽說陰陰森森，氣氛很詭異，結果一行人走到一半就怕了，逃之夭夭地回去了。」

「什麼？」玉青傻眼地說。「結果根本不清楚嘛。」

「唔，既然人家委託，我是會過去看看啦，雖然可能只是白跑一趟。」

澪知道，就算是白跑一趟，也有酬勞可以拿，所以八尋才決定要去。

「……木澤是安曇川的流域。」

朝次郎忽然插口。他已經用完飯，放下筷子了。他從茶壺裡倒了一杯茶，喝了一口，盯著杯裡，再次開口：

「北邊有支流麻生川對吧？那一帶在古時候，有段時期應該住著麻績一族。」

「咦……住在木澤村嗎？」

「不，應該是更北邊的地方。木澤住的應該是和邇對吧？」

朝次郎向八尋問道。八尋喝著茶，搔了搔頭應：

「是嗎？湖西確實是和邇的勢力範圍，但和邇應該在更南邊吧？大津市不是有個地方叫『和邇』嗎？志賀、和邇、小野，那一帶從以前到現在，都是和邇氏的大本營呢。滋賀的和邇學園也在那裡。」

「既然是和邇的勢力範圍，就是和邇的地方吧。」

「這樣說也太粗暴了。不過唔，確實如此。」

八尋交抱起手臂，沉思起來。

「那一帶的河，從以前就是用來運木材的，直到昭和初期都還在使用。不光是河川，道路也是，從北陸[15]運來鯖魚等海產，所以也叫做『鯖之道』。」

朝次郎交互看著澪和漣，諄諄教導地說。澪有種在聽爺爺講古的感覺。

「那裡是歷史悠久的土地。——或許事情會有點棘手，你們小心點。」

八尋垂下眉毛：

「眞討厭，朝次郎叔這樣說的時候，絕對都會變成麻煩事。」

口袋裡的手機震動，出流停下腳步。他正經過賀茂大橋，行人川流不息。出流憑靠在欄杆上接電話。是堂哥打來的。

「喂，晚安。——嗯，這個星期天要去滋賀。」

他看著流過眼下的夜晚河流。這裡是賀茂川與高野川匯流之處，流速意外地快。河岸上，有群似乎剛參加完酒局的大學生在喧鬧。天空不巧一片陰霾，無月無星的夜空下，黝黑的河面僅反射著路燈。

「哈哈，我們混得很好。我很擅長這種事嘛。只要看麻績怎麼出招就行了對吧？我們的敵人是千年蠱，麻績也是一樣的。咦？哦，和邇啊。我明白。」

出流撫摸了一下只穿了件襯衫的肩膀。夜晚仍頗為寒冷。

「知道啦。麻績那個巫女對吧？我會臨機應變。視情況，連千年蠱一起收拾掉就行了是吧？」

出流輕笑之後，掛了電話。河面升起的寒氣，讓他打了個噴嚏。

「唉，有夠煩的，盡是些麻煩事……」

他的喃喃聲被流水聲蓋過消失了。

「要去木澤村，得翻山越嶺才能到。路線算簡單，只要沿著國道三六七號線一路開過去就到了。不過開進縣道以後，八成會變成難開的小路。漣，你有駕照對吧？你朋友呢？不知道？那去問一下。我先把他算進去。算進去

註 15：北陸指日本本州中部的臨海地區，範圍包括新潟縣、富山縣、石川縣、福井縣。

什麼？當然是開車的人啊。我一個人怎麼可能？要開兩、三個小時的山路耶，當然要輪流。」

在八尋的提議下，決定澪和漣，再加上漣的朋友，四個人一起去木澤村。八尋因爲多了兩個司機，覺得很開心。

「不要讓剛拿到駕照的人開山路啦。」

漣臉色發青，但目的地必須開車才能到，因此只得硬著頭皮答應下來。

當天首先由八尋開車，到松崎接據說在那裡租屋的漣的朋友。貌似漣的朋友的青年在大馬路旁的人行道上揮手。「就是他。」漣直接指認。漣的朋友穿著登山夾克配合身工作褲，背上揹個大背包，一身戶外活動打扮。澪和漣也是差不多的行頭。只有八尋穿著象牙白線衫配薄荷綠長褲，十分瀟灑，一看就知道沒有四處走動的打算。雖然腳上穿的是運動鞋。

載上漣的朋友後，車子一路循著國道北上。就像八尋說的，汽車導航的指示一直是直行。

「漣的朋友叫什麼名字？」

八尋從後照鏡瞄了後車座一眼。後車座坐著漣和他朋友，副駕坐著澪。漣的朋友是個看上去溫文儒雅的青年，現在臉上也掛著淡淡的微笑。相貌英俊，但眼神親切，感覺十分可親。澪覺得他應該很受女生歡迎。今天穿得很休閒，但若是換上正式得體的打扮，肯定相當出眾。

「我叫日下部出流。雖然同音，不過漢字不是青草和牆壁的『草壁』[16]，而是日子、下面和部分的『日下部』。」

「日下部啊。」

仔細想想，發音是KUSAKABE的話，漢字照理應該是「草壁」，「日下」怎麼會是讀KUSAKA呢……？澪出神地看著車窗胡思亂想著。

「你該不會是大阪河內人吧？」

「咦？沒錯。你怎麼會知道？」

註

16：日文中，「日下部」和「草壁」的發音一樣都是KUSAKABE。

「河內的日下部啊……」八尋如此喃喃的聲音，大概只有澪聽到了。

這怎麼了嗎？澪正湧出疑問，八尋已經換了話題：

「漣和日下部都不會暈車吧？接下來應該有很多彎道。」

兩人都說沒問題。

「什麼時候要換手呢？」出流問。

「去程我來就行了。回程交給你們。你們還年輕，回程應該還很有活力。」

「哈哈。」出流開朗地笑了。

「到了當地，我們是分開行動嗎？麻生田先生是神主對嗎？幫人祈禱驅邪的。」

「分開行動吧。嗯，就當做是神主吧。」

八尋隨口敷衍。

「你喜歡靈異的東西？居然會去逛靈異景點。明明還有很多好玩的活動吧？」

「我很膽小，可是喜歡可怕的東西。」

「啊，確實有這樣的人呢。」八尋點點頭同意。「木澤村鬧鬼的傳聞，是怎樣的內容？」

「我聽說有女鬼出沒，會把人拉進河裡。」

「很像河童呢。」

「是啊。」出流笑道。「不過如果眞的有鬼，可不是鬧著玩的呢。」

有隨和的出流陪八尋聊天，不愛說話的澪和漣可以保持沉默。澪漸漸睏了起來。今天早上比平常更早起，七點就從紅莊出發了。

車窗外的風景一直是一成不變。綠意盎然的樹林，偶爾出現民家，深處河川時隱時現。

「那條河就是安曇川。」

八尋忽然說。澪睜開就要閉上的眼睛，朝車窗定睛凝望。樹木間有一條河，看上去水量不多，但河面寬闊。梅雨季或大雨時，水位一定會暴漲。

「很大的河呢。」

「都可以用來運送木材了嘛。會流進琵琶湖裡。」

琵琶湖嗎?澪還沒有去過。

開在國道上的車很快地拐彎進入縣道。路寬頓時變得狹窄，寬度難以和對向來車交會。

「這路天黑以後開起來很可怕呢。」出流喃喃說道。「啊，我說的可怕，不是有鬼那些，是危險的可怕。」

「就是啊……」漣同意說。

「打開車燈小心駕駛就沒事了。」八尋輕鬆地說。「反正也幾乎沒有對向來車。」

確實，路雖小，但沒什麼車子經過。一開始還偶爾可以看到露營場的看板或咖啡廳招牌，但現在也完全消失，一路上幾乎都只看到樹林。

車子過了橋，開了一會兒後，樹林結束，出現田地。再過去有許多民宅。放眼所及的範圍內，房屋數量不少。雖然幾乎都是老房子，但也有零星幾棟看起來頗新穎的人家。也有小超市和個人商家。

「比想像中的更有規模呢。」澪說。

「山裡散布著約三十個村落，這是其中之一。算是滿大的村子。」

八尋說，把車開進村落裡。很快就找到村公所了。那是一棟與山景看似格格不入、卻又奇妙地融入其中的老舊混凝土建築物。

把車停到空蕩蕩的停車場後，建築物裡立刻走出一名男子。

「麻生田學長！謝謝你遠道而來。」

是個戴粗框眼鏡、看上去很老實的先生。

「也不到遠道啦。」八尋苦笑。

「這幾個是我的親戚和他們的朋友。」

八尋簡潔地介紹說，澪等人行禮。八尋的學弟顯得困惑：

「呃，怎麼……」

「咦？我沒說嗎？他們也要一起去。說是對靈異景點很好奇。」

聽到「靈異景點」，八尋的學弟露出窩囊的表情：

「年輕人之間果然都這麼傳呢。」

「就算是靈異景點，只要能吸引遊客，一樣能振興村子吧？」

「不行啦。公所也有人這樣說，但萬一有人出事就完了。所以才會勞駕學長出馬啊。」

「你還是老樣子，眞老實。」

先進來喝個茶吧——八尋的學弟邀眾人進入公所。他叫岩瀨優，還發了名片給澪這幾個跟班。

一進入公所，就是一處大辦公區，所有的課似乎都集中在這裡。櫃台另一邊有幾名職員坐在辦公桌前，悠哉地喝著茶。

澪一行人在角落邊的沙發坐下，喝起端過來的茶。茶水十分甘甜，不是已經泡到無味的剩茶，還附了銅鑼燒當茶點。

「驅邪完畢之後，請幫忙宣傳這裡已經沒有鬧鬼了。」

岩瀨雙手合十拜託說。澪恍然：所以才如此盛情招待啊。

「我會跟朋友們說。」澪姑且答道。

「廢話不多說，學長。」

岩瀨在八尋前方攤開一張大地圖。好像是這座村子的地圖。

「據說鬧鬼的地點是這裡。庫庫利淵。」

「庫庫利淵啊……」

岩瀨指的地方，是河川蛇行的地點，該處河道稍微變寬了一些，上面寫著「庫庫利淵」幾個字。

「那裡眞的很美。河水清澈，深邃的河底閃耀著碧綠的色彩，大家都說就像寶石一樣，在社群媒體上很夯。」

「好像是呢。可是遊客一多，就開始鬧鬼了？」

岩瀨一臉複雜：

「那裡從以前就是當地人不會靠近的地點。聽說以前有個女人在河邊的樹上吊自殺，所以當地人都覺得忌諱。」

註

17：日文上吊的動詞「くくる」發音爲 KUKURU，名詞形的發音即爲 KUKURI。

「上吊……」

「聽說所以才會叫做『庫庫利淵』[17]。」

「這樣喔……？」八尋歪起頭來。

「我第一次知道那裡鬧鬼，是因爲有人打電話到公所抗議。說因爲被鬼追，跌倒受傷了。」

「你們問過那個鬼是怎麼樣的嗎？」

「當時民眾很激動，我們不好詢問……。不過，其他也零星聽到類似的情節。像是有個女生跑去向村人求救，說是被女鬼抓住腳，差點被拖進河裡。還有聽到女人的啜泣聲、被鬼追而掉進河裡……雖然不曉得哪些是眞、哪些是假啦。」

「可是，這表示有不只一人指證呢。公所也去現場確認過了吧？沒有去到水潭那裡嗎？」

岩瀨羞愧地低下頭：「要去到水潭，必須穿過森林，但那裡實在是……」

岩瀨含糊其詞，總之當時似乎是因爲陰暗和緊張，一個差錯，害所有的人都陷入了恐慌，落荒而逃了。

「然後就丟給我嗎？」八尋說。

「很抱歉。」

可是——岩瀨抬起頭說。

「我覺得這種事與其外行人隨便亂搞，還是交給專家比較好。」

拜託學長了——岩瀨用力低頭行禮。

「我不曉得能不能滿足你的期待，但總之先去現場看看吧。喏，帶路吧。」

八尋喝光茶水，站了起來。

雖然原本說好到了當地就各自行動，但最後漣和出流也跟著一道同行了。岩瀨領頭，八尋、澪跟在後面，稍後方漣和出流邊聊邊走著。

「木澤村面積很大，但山地占了九成，可以居住的土地很少。至於聚落，包括小聚落在內，林林總總加起來超過三十個，但全都散布在山裡。公所所在的地方，是最大的村落。」

一路上，岩瀨這麼說明。這條路很小，但聽說也是縣道。周圍民宅、田地與森林交雜，有時會遇到在田裡忙活的老人家。

「庫庫利淵離每一個聚落都很遠，似乎從古時就不是日常生活會使用的場域。有個說法是，那裡以前有龍神傳說。」

「龍神傳說？」

澪出聲，岩瀨回頭，柔和地對她笑道：

「是常有的民間故事。很久以前，有位從村公所退休的老前輩自費出版了一本蒐集此地民間傳說的書。就是收錄在書中的故事。」

「有這樣的書？真想看看。」

八尋像是被勾起了興趣。

「我就知道學長會有興趣。公所還有很多本喔，請帶一本回去吧。──回到那個龍神傳說，情節是以前水潭裡住著龍神，會引發洪水，危害鄉里，村人討論之後，決定以年輕女子獻祭。」

「然後旅人現身救了女子嗎？然後發現那其實不是什麼龍神，而是大猿猴？」

「不是那樣的情節。」

「咦，那獻祭的女子就這樣死掉了？」

「好像。」

「是喔……這是現在還有的習俗嗎？」

岩瀨驚嚇地縮了一下：「學長，不要亂說好嗎？這怎麼可能嘛？」

「這是玩笑話，不過如果真的發生過這種事，或許跟鬧鬼有關吧？」

「唔，會是這樣嗎？」

民宅消失，前方出現一座茂密的森林。岩瀨指向那座森林：

「那座森林深處有河，沿著那裡往上游走上一段路，就能去到水淵了。」

從這裡看不到河，只看得到山的斜坡。綠意青翠濃密。

「有一座橋，也可以去到對面的山，但現在幾乎沒有人會上山了。

以前會去山上砍草砍樹做水田的肥料，但現在化肥普及，也沒人會這麼做了……」

森林裡算是有條路，不過接近雜草被踩平形成的獸徑。樹蔭濃密，氣氛鬱蒼陰森，是傍晚以後絕對不想靠近的地方。

「沒有人整理山地以後，樹木便恣意生長。以前到了四月就會燒山，夏天伐木，拿來鋪牛舍，再拿去堆肥……像這樣循環利用，也可以算是山中的四季風情呢。但現在這些習俗都消失了，村裡的老人都埋怨說，整座山變得亂糟糟的。」

岩瀨會變得饒舌，是爲了排解恐懼吧。從剛才開始，明明一點都不熱，他卻頻頻拿手帕抹汗，整個人毛躁不安。確實，這座森林氣氛詭譎，鬼影幢幢，但並沒有邪靈盤踞的樣子。不時有鳥鳴聲或振翅聲響起。鳥兒飛起，樹枝撓彎，這些聲音引得岩瀨驚嚇地仰頭。

「你也太膽小了吧，岩瀨。這裡又沒什麼東西。」

八尋說，岩瀨顯而易見地鬆了一口氣：「眞的嗎？沒騙我喔？學長。」

「你那麼膽小，卻得攬下這種任務，也太辛苦了。」

「我是小基層嘛，上司也很怕，就統統推給我。」

眞是有夠衰——岩瀨嘆了一口氣說。

「山啊……」八尋喃喃說。

「咦？山嗎？」

「那邊那座山。那也是用來砍草木做肥料的山嗎？」

八尋指的地方，是森林另一頭的群山當中偏左側的一座，綠意格外濃重。不——澪凝目細看。

那不是綠意深濃，而是罩上了陰影。陰沉、濃重的影子。晃動的蜃影。是邪靈。邪靈就像一片濃霧般，覆蓋了整片山腳。

澪伸手掩住了口鼻。因爲一發現那是邪靈，就覺得好似聞到了焦臭味。

八尋瞥了澪一眼，問岩瀨：

「是嗎？」

「那座山據說從以前就是禁地。雖然和其他山地一樣，村中各戶都分配到使用權，但聽說就連需要砍樹當肥料的時候，也沒有人會去那裡。大概是因爲那裡是神山吧？」

「有沒有關於那座山的民間傳說？」

「沒有呢。」

既然被稱做神山，應該會留下一些傳說。然而卻沒有，這太奇怪了。

「不是有祖靈的山嗎？傳說人死後靈魂會升上山裡，盂蘭盆節的時候再從山裡回來。」八尋說。

「那也是肥料用的山。村人會從山上採蕨，供奉在神棚。盂蘭盆節的儀式也是，雖然現在已經沒有人這麼做了，但以前都是在砍肥料的山舉行。」

「那，那座山是什麼……？」

八尋停下腳步。視野變得開闊。是走出森林了。聽得見河水潺潺聲。

「庫庫利淵在那裡。」

岩瀨指向左邊。河川蛇行，上游處因樹木掩映而無法看見，但似乎就在那座被邪靈覆蓋的山腳處。

一行人沿河往上游前進。河水清澈，岸邊完全透明，水深處泛著翠綠。

「河從這一帶大轉彎，往山上延伸。」

就像岩瀨說的，河流以相當陡急的角度轉彎。岸壁嶙峋聳立，粗糙的岩石表面布滿爬藤。河面突出一座巨岩。沿著河灣繼續前進，便看到那座山了。瞬間，澪停下了腳步。黑色的蜃影冉冉升起。像炊煙般從山腳處升起。澪緊盯著蜃影，再次往前走去。愈來愈近了。河川蛇行，翠綠色變濃了。水變得混濁。岩瀨和八尋停下腳步，澪也跟著停步。

「就是那裡。那就是庫庫利淵。」

岩瀨指的方向，盤踞著大片黑色的蜃影。

——這哪裡美了？

聽說水淵宛如翠綠色的寶石，蔚爲話題，但看在澪的眼中，就只是一潭黑水。黝黑的水面蜃影蒸騰，把景色都扭曲了。這片扭曲一路延伸到山腳，掩蓋了樹木。

「傳說女子上吊的樹，是對岸那棵松樹。那一帶是赤松林，其他大部分都是枹櫟樹。從以前開始，枹櫟就是優勢種。其他的山除了枹櫟以外，還種了杉樹和檜木，但那座山完全未經人爲整理。」

確實，岸邊有棵樹形很適合上吊的松樹。枝椏延伸到河面，因此如果在那裡上吊，屍體或許會掉進河裡。

——所以河才會變成那個樣子嗎？

儼然邪靈的巢窟。從河川到山地，是一層又一層的邪靈，讓人渾身不舒服。澪第一次看到規模如此驚人的邪靈。別說焦臭了，惡臭讓澪幾乎快要無法呼吸。澪雙手掩住口鼻後退，結果撞到人了。

「妳還好嗎？不舒服嗎？」

是出流。他擔憂地看著澪。漣拉扯澪的手，讓她退到自己身後。

「妳待在後面。」

要是它們發現澪，襲擊上來，實在不可能袚除得了。澪蹲在樹木後方躲起來，屛住呼吸。

「這還真是……」八尋搔著頭低吟。

「怎樣？」岩瀨害怕地抓住八尋。「有什麼東西嗎？欸，不要嚇人啊，學長。」

「我覺得這不是有人上吊而已耶……說是活人獻祭還比較像。」

「咦？什麼意思？」

「庫庫利淵啊……。唔，這名稱應該不是來自上吊的『庫庫利』，而是泳宮，還是菊理媛神的『庫庫利』[18]。」

「泳宮？菊理媛神？」

「泳宮是位在美濃的神社，有座池塘，然後菊理媛神是和祓禊有關的女神。KUKURI 其實應該是 KUGURI——簡而言之就是潛水、穿越的意思。穿過水中的水淵，也就是用來祓禊的地點吧。」

註

18：日文「泳宮」的發音爲 KUKURI-NO-MIYA，「菊理媛神」的發音爲 KUKURI-HIME。

岩瀨一臉怔愣。

「祓禊的地點，那就是迎神的地點，應該是神聖的地方才對……怎麼會變成這樣？」八尋喃喃道。

「活人獻祭。」澪顫聲說道。

——活人獻祭。是活人獻祭。

以前澪看過爲了神事，毫無意義地遭到殺害的孩子們變成的邪靈。盤踞在水淵的黑色蜃影與那非常相似。無端遭到犧牲的生命，他們的怨怒、悲傷，這些情感在此地盤旋著。

「活人獻祭……」八尋也跟著說。「這樣啊，是活人獻祭啊。迎神的地點，逐漸變遷爲將活人獻神的地點。因爲死亡而被污穢了嗎？」

「什麼意思？」

岩瀨似乎完全無法理解，十分混亂。

「嗯，這不行……得先撤退。」

「咦？」

「不是不能祓除，但這是經年累月蓄積的污穢，只能花時間慢慢祓濯乾淨了。不是一朝一夕就能辦到的。」

「怎麼這樣……」岩瀨一臉喪氣。

「又沒說不幫這個忙，別埋怨了。最好拉條禁止進入的注連繩[19]，盡量不要讓人靠近。就算距離遠，還是可以拍到美照吧？」

「咦咦咦……就不能想想辦法嗎？」

「這沒有辦法。」八尋搖搖手。「別說了，快點回去吧。此地不宜久留。」

八尋瞄了澪一眼。不宜久留的是澪。澪點點頭，站了起來，瞬間，聚積在水潭的邪靈洶湧地翻騰隆起。

「啊……！」

註
19：注連繩是神道教中，用以標示、區隔神域的繩索。以稻草製成，並垂掛呈「系」字的白紙串。

澪倒抽了一口氣。漣抓起她的手，一語不發地拖著她開跑。

「咦？怎麼了？怎麼了！」

岩瀨看到兩人突然拔腿就跑，驚訝得尖叫起來。

「快跑，岩瀨！還有你！」

八尋也對呆在原地的出流叫道，跑了出去。一行人拚命地跑回來時的路。不必回頭，澪也知道邪靈正滑行似地追趕而來。

事後回想，實在不該在河岸奔跑的。

腳下忽然懸空，澪的身體猛然向前傾倒。

「澪！」

身體往下墜落。澪不知道發生了什麼事，但反射性地放開了漣的手。

河岸被挖空，地面朝河面滑落。澪的身體被拋進了河裡。四月依然冰寒的水裹挾上來，扎刺全身。

邪靈如海藻般纏繞住澪的腳踝。在河水沖刷中，只有這個觸感異樣地清晰。是它把澪拖進河裡的嗎？由於邪靈糾纏，腳無法自由活動。即使在心中呼喚雪丸，也沒有任何東西出現。是在水中無法召喚嗎？還是有別的理由？

黑色的蜃影從腳踝爬了上來。接著手和脖子也被邪靈纏繞，意圖把澪壓進水底。即使想要降神，無法呼喚雪丸，也做不到。也感覺不到神意。此時此刻，澪絲毫感受不到任何神靈降下的前兆。

——怎麼會？

我會死掉。這樣下去，真的會溺死。

儘管焦急萬分，糾纏上來的邪靈卻愈來愈多，雪丸沒有現身。該怎麼做才好？正當澪這麼想，一樣東西掠過了視野。

水流中生出浪花。有東西綻放著光輝，流暢地移動。澪忽然悟出：是鱗片。水流起伏。不對，起伏的是身體。擁有鱗片的細長身體。

——蛇？

那東西滑溜地觸碰澪的腳。邪靈消失，澪的身體往上浮起。有人抓住了她的手。

不知不覺間，澪被拖上了岸。一隻手撫摸著嗆咳的澪的背。是不同於拉她上岸的另一隻小手。抬頭一看，波鳥正一臉擔憂地看著她。她穿著長袖上衣和短褲，手腳都濕了。

「……波、鳥……」

即使想要開口，仍出不了聲。每次呼吸，胸口就發痛。她東張西望，發現似乎置身森林當中。在場的不只有波鳥，還有青海和高良。青海渾身濕透，脫下了黑西裝外套。高良全身都是乾的。看來是青海跳進河裡救出澪，然後波鳥在一旁協助嗎？

「高良大人原本要跳進河裡救您，我代他出手了。」

青海淡淡地說，就好像讀出了澪的想法。

「你不必多話。」高良淩厲地說，俯視著澪。「召喚不出神明嗎？」

澪點點頭，用手撥開滴水的劉海。襯衫和牛仔褲都濕透了，貼在身上很不舒服。她依然肩膀上下起伏喘著氣，肺還在作痛。

「這裡是你們剛才所在的河岸對岸。」

——對岸……

那──澪看了看周圍的樹木。是被那些邪靈覆蓋的山地嗎？但這附近沒有邪靈。也許他們挑選了沒有邪靈的地方把她拉上來。

「不是有座邪靈盤踞的山嗎？那是和邇的山。」

聽到高良的話，澪望向青海和波鳥。

「是以前的事了。」青海說。「到了江戶時代，山應該就屬於這座村子了。」

「是因爲換了所有者，所以信仰扭曲了吧。」

「扭曲……？」

澪一出聲，立刻咳嗽起來。波鳥撫摸她的背。

「以前和邇的年輕女子會在那處水淵祓禊迎神。是龍神。那些女子是神的新娘。但和邇離開以後，神的新娘變成了獻祭的牲禮。水淵被死亡污染，神消失了。」

這表示八尋的推測是對的。不同的是和邇與這裡的關係，以及神「消失」這件事。

「因為神消失了，這裡更加成了邪靈的巢窟……不過……」

高良回頭看後方。背後的山冒出滾滾黑色蜃影。

「這座山的狀況，不是這樣就能解釋的呢。」

「還……還有、什麼嗎？」

澪聲音沙啞地問。

高良看向波鳥。澪也跟著他望向波鳥。波鳥為難地搖頭：

「我看不出來……」

什麼意思？澪以目光詢問高良。

「波鳥是巫女。」

澪驚訝地看向波鳥，波鳥依然一臉為難。

「我雖然是巫女，但也沒什麼力量……」

「和邇的女子都是巫女，無一例外。男子有些成為蠱師，也有些不會。」

青海的臉轉向河面：

「高良大人，他們好像發現了。」

「那我們回去了。」

聽到高良的話，澪站了起來。波鳥連忙扶住踉蹌的她。

「回去……？」

「那邊有個麻煩的傢伙。我要在事情變得棘手之前退散。」

——麻煩的傢伙。

這是指誰？澪納悶。「那邊」應該是指漣他們所在的對岸。麻煩的傢伙是指漣嗎？

——啊，漣兄一定正在找我。

澪想到這件事，從樹木間走出岸邊，發現漣等人在對岸。她高揮雙手，通知自己平安無事。漣發現她，停下腳步。

「妳最好也快點離開這裡。這裡不碰爲妙。」

高良往樹林深處走去。青海走近一棵枹櫟，拿起靠放在樹幹上的刀子。

「日本刀……？」

澪忍不住嚇到說，青海回頭：「不，這是沒有弧度、兩側開鋒的劍。」

「是和邇的蠱師的武器。」高良補充。

「高良大人，職神來了。」

青海拔劍出鞘。確實是兩側開鋒的劍，刀鞘和劍柄都是黑色的，只有劍身散發暗光。

腳邊一陣衝擊，地面被挖出了一個洞。澪看不出發生了什麼事。高良咂了一下舌頭：

「眞煩。——於菟！」

一頭老虎無聲無息地出現，護在高良身前。於菟壓低身體，朝空中一躍。「啪！」一道樹枝互擊般清脆的聲響，於菟的口中咬住了一隻白鳥。好像是白鷺。利牙咬碎了那隻鳥，於是鳥像一陣煙般消失了。

青海利劍一閃，白鳥被一分爲二，一樣消失了。似乎有鳥以看不見的高速飛來，而於菟和青海打倒了祂們。青海說職神來了，所以那些白鳥是職神吧。可是，那是誰的職神？

「澪同學。」

波鳥拉著澪的手，讓她退到後面。

「我們去對岸吧。再過去一點的地方有橋——」

波鳥才說到一半，就尖叫起來。不知不覺間，許多白鷺在周圍飛舞。這樣無法前進。

「這……這是什麼？」

澪往後退去。白鷺的眼睛毫無表情，十分詭異。

「是日下部的職神。」

「日下部……？」

這名字好耳熟，澪回溯記憶。是誰的名字去了？應該最近才剛聽到。

「『日下部』是爲了若日下王而組成的部民，也是海人族。」

近旁響起聲音，緊接著波鳥被推倒，澪的手被用力一拉。

「還好嗎？麻績的妹妹。」

是出流。——對了，這個人就姓日下部。

出流臉上依然掛著溫和的笑容，手中卻握著可怕的東西。是長矛。波鳥似乎是被矛的尾端狠狠一戳而跌倒了。

「日下部是負責處理外來靈——來自外地的惡靈的一族，現在依然如此。妳懂嗎？把我們當成爲了打倒千年蠱而存在的一族就行了。我們跟麻績也不算不相識，也曾經攜手共鬥。是合作關係。」

——打倒千年蠱？

澪想要甩開抓住自己的那隻手，但出流看似沒出什麼力，卻怎麼也甩不開他的手。

澪掙扎著，出流一臉訝異：

「怎麼啦？我是來救妳的耶。妳不是被千年蠱和和邇攻擊了嗎？」

「不是，是他們救了我——」

「原來你們是好朋友啊？」

出流臉上笑容依舊，眼中卻毫無笑意。

「眞傷腦筋。妳跟誰不好，偏偏要跟千年蠱好，這下我不得不把妳也一起處理掉了。」

澪感到背脊一陣發涼。不是全身濕透的關係。

「澪！」

漣的聲音響起，出流轉向那裡。瞬間，一道巨大的影子撲向出流，壓倒了他。是於菟。

高良從樹上輕巧地一躍而下，同時漣分開茂密的草叢奔來。出流揮矛砍來，於菟身子一扭，輕盈地跳到後方，回到高良身邊，瞪著出流發出低吼。

「這……到底是怎麼回事，日下部？」

漣搞不清楚狀況，困惑不已。出流對著漣露出柔和的笑：

「我是身負討伐千年蠱重任的日下部一族。我本來想最近就告訴你的，但因爲我想知道麻績現在是什麼立場，所以暫時觀望了一下。」

「日下部……日下部一族？」

「那個蠱師——八尋先生是嗎？他好像發現了。說到河內的日下部，蠱師當中，就是我們一族。」

「是啊，在這一帶說到日下部，就是那個日下部嘛。而且你整個人就是可疑。」

隨著這話，八尋從漣的後方現身了。青海也持劍趕來，等於是蠱師都齊聚一堂了。空氣一觸即發。

「小澪，妳沒事吧？」

八尋問，澪點點頭說「我沒事」。

「岩瀨說叫救護車來不及，回去公所召集村子的消防團了。我剛剛連絡他說找到妳了。」

即使氣氛緊繃，八尋依舊老神在在。

「波鳥，站得起來嗎？」

「……嗯。」

青海催促，蹲在地上的波鳥按著肩膀想要站起來，澪伸手扶她。波鳥的眉心糾成了一團，一定是被出流用矛戳中的地方很痛吧。居然狠心用矛刺這樣一個柔弱的少女——澪瞪向出流。

「別瞪我，我也不想對女孩子動粗啊。」出流爲難地笑道。「要是她乖乖退下，我才不會動她。」

「高良大人，日下部我來處理。」青海走到高良身前。

「——不，等一下。」

高良往上望去。澪也跟著抬頭。

——那是什麼？

是灰。看起來像灰燼正在落下。不對，是煙嗎？淡淡的黑煙朝這裡飄來。

「啊……！」

澪倒抽了一口氣。那不是灰也不是黑煙，是黑色的蜃影。原本覆蓋山地的邪靈正一瀉千里地滑落而下。

全身冒出冷汗來。

「沒空在這裡對槓了，快走！」

高良厲聲說道，發足便跑。青海跟上去，波鳥一邊回頭看澪，也跟著哥哥一起跑。出流跟了上去。

「澪，別發呆了，快逃！」

漣抓起澪的手往前跑。八尋殿後，澪一行人逃離該地。

「待在這裡很不妙，快到對岸去。再前面一點有橋。」

八尋說，澪和漣齊聲應答「好」，朝著橋奔去。

「可是，怎麼會有那麼多邪靈……那座山到底是……」

「關於水淵……麻生田叔叔的推測是對的。」

邊跑邊說話對澪太困難了。她上氣不接下氣。

「我的推測？原本是祓禊的地點，卻變成活人獻祭的地點的推測嗎？」

「嗯……對。可是光是那樣……無法解釋那座山……的狀況……」

「對啊。那座山太奇怪了。」

「聽說、那座山，以前、是和邇的。」

「和邇的？」

八尋沉默了片刻。

「松風、村雨！」

他叫出職神，試圖拖住邪靈。

「喂，前面那個和邇家的小哥！」

八尋揚聲呼叫前方的青海。青海看向高良，高良點點頭，於是他回頭：

「什麼事？」

「哇，大帥哥。啊，這不重要。——那是和邇的山，那你知道那些邪靈是怎麼回事嗎？」

「不知道。」青海的回答很簡短。

「山是什麼時候變成和邇家的？」

「最早應該就奈良時代了。」

「這樣啊。——那，那裡是不是埋了咒具，好支配土地？」

青海睜大了眼睛，似乎驚覺了什麼。

「咒具嗎？」高良開口。「確實。」

高良停步回頭。邪靈很近，宛如層層疊疊的浪濤般鋪天蓋地而來。澪忽地感到腳下一陣冰冷，往下望去。地面高高隆起，下一秒塌陷下去，黑色的蜃影從那裡滲透而出。蜃影宛如泡沫般膨脹並湧出。地面到處噴發出邪靈，發出宛如呻吟的聲音。聽在澪的耳中，那就像是怨恨的吶喊。

耳邊響起裂風之聲，只見白鳥彈飛邪靈，又舞上天際。白鷺盤旋了幾圈，再次凌利地俯衝而下。許多隻白鷺就這樣聯手擊退邪靈。細一看，出流正眉頭深鎖地看著源源不絕的邪靈。

「比方說，《古事記》裡也記載了和邇氏為了祈禱戰勝，埋下了忌瓮——一種祭器。」八尋說。「遠古中國，會將祭器埋在境界處，從外敵手中保護自己的地盤。這是一種詛咒。拿來當成咒具的不光是祭器而已。古人認為強大的惡靈也能成為護盾，所以也會埋下敵方部族的首級。」

「首級？」

澪有了不祥的預感，看向腳下。

「有說法認為和邇氏是來自中國南方的一族。即使和邇為了守護境界，用了那樣的東西，也順理成章。若是那樣的話……」

八尋仰望著兵臨城下的邪靈浪濤。

「或許那座山裡也埋了那樣的東西。不是極強大的敵人，就是數量龐大。」

「和邇的人民離去以後，和邇的神也消失了，只留下了詛咒和人牲，是嗎？」

高良冷靜地整理出答案。

「還真是留下了超級棘手的東西吶。會不會是兩種東西融合在一起，變得更麻煩了？」

八尋自言自語地說著，面露苦笑。

「那種東西，只有神才淨化得了。可是——」

八尋的視線轉向澪，但澪搖了搖頭。

「天白神不肯來，這裡的神也消失了……」八尋說。

聽到這話，澪忽然感到太陽穴一帶刺痛起來，皺起眉頭。不對，不是太陽穴，而是腦袋深處。那裡灼熱發燙。怎麼回事？是邪靈害她發燒了嗎？可是和平時的身體不適感覺不同。

澪抱住了頭。頭髮濕答答的。掉進河裡的身體，沒那麼容易恢復乾燥。水滴沿著髮梢落下，打濕了澪的手。瞬間，一道靈光貫穿背脊。

——鱗片。扭動、閃耀……

「沒有消失。」

這話衝口而出。

「沒有消失……」

澪驀地轉向河川。明明有樹木遮擋，她卻能一清二楚地看見森林外的景色。天空與河流清晰地浮現。粼粼陽光灑在河面上，水花跳躍。一陣風從河面拂來，吹起澪的髮絲。

「來了。」

澪被風籠罩了。水的氣味。燦光粼粼，刺得眼睛瞇了起來。皮膚陣陣發癢，讓人想要出聲吶喊。腳底踏地的感覺消失，身體好像不再屬於自己。肚腹中心熱了起來。那股灼熱迸發開來的瞬間，身體融化消失了——澪這麼感覺。

事情發生在轉瞬之間。

強風颳起，樹枝劈啪斷裂飛來。漣抬手護住頭部，尋找澪的身影。澪喃喃「來了」的瞬間，一陣風撲來，接著澪就消失不見了。

風颳過漣一行人之間，竄上了山坡。樹木陸續攔腰斷裂、倒地的聲音震撼了大地。那低吼聲是邪靈的悲鳴嗎？那聲音變細、消散在遠方之後，風聲也停歇了。寂靜籠罩了四下，只剩下清澈的河流淙琤之聲。漣放下手臂，環顧周圍。

從河流到山頂，樹木被一路拂倒，宛如一條蛇爬過一般，景象驚心動魄。沒有半個邪靈了。四周圍瀰漫著潔淨的空氣。

「……神……」

高良出聲了。

「歸來了。」

漣吃了一驚，尋找澪的身影。他看到高良、青海，稍遠處的八尋，還有一臉茫然的出流。沒看到澪。會不會被壓在倒地的樹木底下了？漣頓時一臉蒼白。

然而他呼喚澪的名字，探頭尋找樹木之間，也沒發現澪的身影。

「澪跑去哪裡了？」

明知道就算問這傢伙也不可能有答案，漣還是逼問高良。高良彷彿沒聽到漣的聲音，面無血色，視線在虛空中徬徨。

「喂——」

「她沒有借用神使的力量就降神了。這等於是獻身給神明。她成了神的新娘了。回不來了。」

漣整個呆掉，啞然失聲。這小子在說什麼啊？他想。

——胡說八道！

「哪可能——」

有這種事——漣把憤憤地說到一半的話吞了回去。高良面如死灰，彷彿隨時都會昏過去。

「高良大人！」

和邇家的青年和少女跑過來了。

「必須把澪小姐追回來。」

「什麼？」高良轉向青年。「把她追回來？你嗎？」

「不——波鳥去追。」

青年回頭看少女。少女面如白紙，似乎緊張萬分。

「我說過，波鳥可以成為盾。波鳥做得到。她會把澪小姐帶回來。」

「哥、哥哥……」

少女顫抖地說。青年看著她的眼睛說：

「只有妳做得到。如果妳做不到，澪小姐就只有死路一條。」

波鳥喉間「咻」地一響，倒抽了一口氣。她握住顫抖的手，做了幾下深呼吸後，緊緊地抿住嘴唇。

她淚濕的雙眼很快地失了焦，也聽不見呼吸聲了。波鳥不再顫抖，整個人凝固在那裡。漣突然感到一陣尖銳的耳鳴，摀住了耳朵。

——這名少女是巫女。

漣悟出，她是和澪同一種人。

波鳥只成功過一次。

是爲了救回青海。

那次青海祓除邪靈失敗，身受重傷，在鬼門關前徘徊，是波鳥把他喚回來的。波鳥有這個能力。已故的祖母生前總是說，波鳥就是這樣的巫女。

據說鳥會運送靈魂。以鳥爲名的波鳥，能追上靈魂、捉住靈魂。

她深深吸氣、吐氣。呼吸漸次消失，意識逐漸沉入水底。沉落的同時，亦浮游而上，飛向遠處。她愈升愈高，四下一片白茫茫。波鳥的心融化，與風合而爲一。這道風是龍神。風的色彩蔚藍深邃，近似海底。波鳥在青色的風中搖蕩，一同飛旋。光鑠鑠閃耀，宛如河面。閃耀的是龍神的鱗片，化成風，融入光中。

波鳥在光裡發現了白色的風。如薄絹般幽淡、纖細的一縷清風。波鳥追上那風，追到它、觸摸它。澄澈的感覺貫穿全身。

——抓到了。

波鳥深吸一口氣。身體的感覺回來了。指頭、手、手臂，她漸漸回想起自己的身體形貌。

波鳥睜開眼睛。伸出去的手中有著暖熱的手的觸感。

澪站在眼前，一臉驚奇地看著波鳥。是人的臉。波鳥鬆了一口氣。展露笑靨的瞬間，意識斷絕，波鳥倒下了。

波鳥朝自己倒了過來，澪連忙扶住她的身體。

「怎、怎麼——」

「波鳥把妳帶回來了。她耗盡力氣了。」

高良走了過來。看看四周圍，樹木全被夷平了。澪搞不清楚狀況。

「波鳥把我帶回來？這到底……」澪望向波鳥的臉。看起來像是睡著了，她沒事嗎？

「只是睡著了而已，請不用擔心。」青海說，抱起波鳥。「上次也是這樣。」

「妳召來龍神，祓除了邪靈。這件事妳記得嗎？」

聽到高良的話，澪看了看被夷平的樹木，點了點頭。

「與其說是我召來……我覺得反而是我被召喚。」

龍神並非消失，而是隱身起來了。一定是因爲澪發現了這件事，所以龍神才現身了。

「天白神沒有降下，是因爲這裡是龍神的棲所吧。但妳沒有借助神使的力量就召來神明，所以妳差點被帶走了。而波鳥把妳帶了回來。」

高良的說明簡單扼要，澪聽得似懂非懂。她正想更進一步追問，漣和八尋跑了過來。

「小澪，妳沒事嗎？」八尋拍了拍她的肩，就像要確定她眞的在那裡。

「很痛耶。」澪說，八尋放心地笑了。漣的臉色很差，沒有像八尋那樣放下心來。

「漣兄，你還好嗎？」

「……這是我該說的話吧……」

漣大大地吁了一口氣，當場蹲了下來。

「對不起。」

澪也蹲下來，抱住膝蓋。漣低著頭，看不到他的臉。抬頭一看，出流坐在倒木上，一臉無趣地托著腮幫子。沒看見矛，不知道收到哪裡去了。出流和澪對上眼，皮笑肉不笑，向她揮了揮手。

「欸，看熱鬧的人差不多要過來了，是不是該趁著引起騷動前趕快撤退比較好？」

出流這麼出聲說。

「你——」

漣正想發難，但八尋語氣輕鬆地同意：

「說的也是，我們回去吧。不過在那之前得先去岩瀨那裡報告一聲。」

高良默默地掉頭，青海抱著波鳥跟上去。澪慌張地追上去。

「等一下，那個——我可以跟你們一起回去嗎？」

澪看向波鳥。她是在擔心波鳥是否安好。會不會像澪那樣身體不適？想到這裡，澪忽然發現自己完全沒事。明明以前只要祓除邪靈，就會累到整個人撐不住。

「隨便妳。」

高良說，因此澪跟了上去。她回頭看八尋和漣，八尋微微抬手道別，但漣板著一張臉。

去到車子那裡，發現村人都來到路上，指著樹木被夷平的山地交頭接耳。澪坐到高良的車子後座，讓睡著的波鳥頭枕在自己腿上。她俯視著那張臉，尋思起來。

「不過，眞令人驚訝……」

她是爲波鳥居然強硬地把差點被神帶走的自己帶回來的能力驚訝。

「我才是被妳嚇到了。」高良低聲說。「有幾顆心臟都不夠。」

高良在副駕駛座交抱著手臂，望著車窗。

「要是沒有波鳥，妳已經沒命了。」

「那，有波鳥在，太令人慶幸了。」

高良沉默了。澪拂去落在波鳥臉上的髮絲，注視著透出血管的單薄眼皮。

「多虧有波鳥……」

——如果沒有這女孩，我已經死了。我本來應該會死，但我還在這裡。如果就和以前一樣，自己或許已經死了。如果是過去那些重生後的多氣。

澪感覺自己的生命以飄渺的細絲連繫在世上。即使細微，仍確實連繫著。澪活下來了。

「原來你也有不知道的事。」

澪說，高良回頭瞄了一眼。

「波鳥的事，出乎你的意料對吧？應該會像這樣，意外不斷地累積，漸漸扭轉大局。」

高良默然不發一語，臉轉回前面。

他是不想聽到什麼樂觀的期望吧。畢竟一直以來，他應該不斷地懷抱期待，又被打入絕望的深淵。

但澪還是懷抱著希望。如果說高良不想抱著希望，就由她一起懷抱吧。

「……巫陽。」

澪忽然脫口叫了他的名字，連自己都嚇了一跳。她不覺得這是自己發出的聲音。高良一驚，回過頭來。睜大的眼睛倒映出澪的身影，須臾之間，澪好似忘了自己是誰。

車子經過修學院，在一乘寺的紅莊附近停車。波鳥還沒有醒來。澪很擔心她真的沒事嗎？但青海說「過個半天就會醒了」，把車子開走了。

晚了約一個小時，八尋和漣也回來了。出流的租屋處在松崎，所以先載他回去那裡。

「麻生田叔叔怎麼跟岩瀨先生說？」

「我說那是龍神作祟。然後說雖然祓除了，但水淵和山上最好設成禁區。」

八尋說著「啊，累死我了」，一下子就在起居間躺下睡著了。結果聽說回程也是八尋開車。

「漣兄沒有開車嗎？」

「我跟日下部吵起來，不是開車的氣氛。」

漣的臉很臭。

「日下部是漣兄的朋友吧？」

「不是。」

「不是嗎？」

「已經不是了。」

漣說完後不再開口，關進自己的房間了。出流還想要攻擊高良嗎？應該是吧。對澪也是嗎？——兩人是為了這件事爭吵嗎？澪看著漣的房門。

隔天星期一，到校一看，波鳥請假沒來，澪嚇得臉都白了。她果然很不舒服嗎？

——去探望她吧。

雖然得去和邇家，但從波鳥的口吻聽來，和邇家目前還不會對澪施加危害吧。

放學後，澪決定去波鳥家。原本她打算搭回程的公車直接去，但轉念心想空手拜訪似乎不太好，便先回去紅莊一趟。

「探望朋友嗎？那帶甜點去比較好吧。女孩子的話，西式糕餅應該比較適合？妳可以去坡下的糕餅店買。那裡是和菓子鋪，但也有賣西式糕點。」

玉青告訴她推薦的店家。

「請八尋送妳去吧。坐車比較方便吧？」

「不用了。麻生田叔叔應該很累。」

「那叫漣送妳。」

「漣兄回來了嗎？」

澪正想說玄關沒看到漣的鞋子，玉青說「他在幫忙打掃庭院」。這麼勤奮，眞的很像漣。

一會兒後，漣拿著車鑰匙過來了。「八尋叔叔說可以開他的車。」

「咦？漣兄要開車嗎？」

「不要的話妳自己去。」

這是澪第一次坐漣開的車。從漣的個性來看，澪猜想他應該是小心駕駛派的，結果也眞是如此。漣從容駕駛，讓澪不致於坐得提心吊膽。

波鳥家的地址，是澪向班導問出來的。先去和菓子店買了糕餅後，從白川大道往北方前進。波鳥說是和邇家別墅的那棟房子，在修學院地區也是偏北，靠近上高野。

把車子停在附近的停車場後，徒步前往和邇家。正覺得有道築地圍牆[20]綿綿不斷，結果那是和邇家的圍牆。

「好大的豪宅。」

漣喃喃道。澪看不出是什麼年代建成的，不過是一棟既古老又氣派的大宅。大門也同樣地宏偉。回應門鈴的是一名中年男子，一會兒後，門扉打開來了。矮個子的中年男子說著「請進」，領著澪和漣入內。相貌和波鳥或青海沒有相似之處，澪猜想應該不是兩人的父親。這房子這麼大，會是傭人嗎？

土地裡有像是主屋的日式房屋，以及洋樓。兩邊都有像是家紋的相同圖案設計，十分雅致。兩人被帶到主屋的會客室，裡面是西式的，木地板上擺放著桌椅，甚至還有暖爐。兩人還沒有坐下，房門便打開來，澪回頭望去，進來的是波鳥。波鳥似乎急著過來，氣喘吁吁，但澪看到她的模樣，嚇了一大跳。因爲她的右手包著繃帶，右眼罩著眼帶。

「澪同學，妳怎麼——」

「妳怎麼傷成那樣！」

昨天波鳥只是睡著了，應該沒有受傷才對。難道只是看不出來而已，其實受傷了？

「這是回來以後不小心跌倒……沒事的，只是包紮得很誇張而已。」

波鳥低頭笑道。

「那不是跌倒的傷吧——」

「澪同學怎麼來了？出了什麼事嗎？」

「……因爲妳沒來上學，我過來看看妳。」

「咦！」波鳥似乎非常吃驚。「謝……謝謝您。啊，我去泡茶。請坐。」

波鳥慌慌張張地跑出房間了。澪和漣對望。漣默默地開門，走出房間。

只見他左右張望，接著走向玄關。澪跟了上去。

玄關處，剛才請澪和漣入內的中年男子正在擺好鞋子。

「不好意思。」漣出聲。

「是。」男子起身。「洗手間嗎？洗手間在——」

註

20：築地圍牆（築地塀）是在石基上立木柱，中間夯土建成的圍牆。圍牆上多會修建瓦頂遮雨。

「不是，我想請教，波鳥同學的家人在這裡嗎？我們想向他們打聲招呼。」

男子一臉訝異：

「沒有喔，她哥哥住在別的地方，父母也早就雙亡了。你們沒有聽說嗎？」

漣回望澪，澪搖搖頭。她完全沒聽說。她對波鳥幾乎一無所知。

「那孩子也眞可憐，美登利女士對她很不好。兩位是她朋友的話，請好好待她。」

男子以稍微親和一些的口吻說。是因爲澪和漣與波鳥年紀相近的緣故吧。

「美登利女士是……？」澪問，男子顧忌地張望了一下，壓低聲音說：

「美登利女士是這裡的總管，不過不是太太，是情婦。她啊，沒一件事情看得順眼，成天挑剔，虐待波鳥，那孩子眞是可憐啊。如果我們替波鳥說話，美登利女士就會把她整得更慘。」

——虐待……？

澪想起波鳥的傷。

「那，她的傷難道是……」

「那身傷啊……。昨天眞是太慘了。」

男子不願多說，只是滿臉同情。

外頭傳來汽車引擎聲，男子看向玄關。

「啊，回來了。你們最好回去會客室，不要跟她打照面。要是她知道波鳥帶朋友回來，又要罵個沒完了。」

男子催促，澪和漣被趕回了會客室。波鳥端茶過來，但同時玄關傳來尖銳的叱責：「波鳥！」波鳥說：「對不起，我離開一下。」慌慌張張地跑出房間了。

澪把門打開一條縫，偷看玄關。只見波鳥深深低著頭，前方站著一名身穿艷麗和服的女子。雖然很美，卻凶神惡煞。她就是美登利吧。

「妳眞的是，到底有哪件事做得好！」

罵人的嘴臉，竟然是這麼醜陋嗎？澪心想。

「沒用的東西！」

這句咒罵讓澪冷到骨子裡去了。她悟出是什麼形塑了波鳥的心性、是什麼束縛了她的心。

胸口熱辣辣地發痛，宛如燒傷。波鳥竟然一直活在這樣的辱罵之中嗎？

「……」

澪沉思起來。自己該怎麼做才好？

——波鳥救了我的命。

並不是因為這樣。這只是名目。

——是因為我認識了波鳥。

理由就只是這樣而已。

「波鳥，妳這丫頭唯一的可取之處，就只有這張臉。」

美登利伸手捏住波鳥的臉。綴滿了水鑽的指甲掐進臉頰裡。

「青海也是。可是那小子卻高高在上……完全不聽我的話，眞是氣死人了。你們兩個都沒把我放在眼裡，是吧？」

美登利憤恨地咒罵，一把推開波鳥。澪看見她抬起那隻手，再也忍不住，衝出房間。美登利看到澪，手定住了。

「妳是誰？」

「澪同學……」

美登利瞪住波鳥：

「是妳朋友？妳居然敢趁我不在，隨便帶人回來？」

美登利惡罵說，但好歹沒有連澪一起罵，氣呼呼地往屋內走去了。澪等她的身影消失後，轉向波鳥，抓起她的手，在她耳邊細語：

「去收拾東西。拿重要的東西就好。我們離開這裡。」

波鳥愣住。看到她白皙的臉蛋上鮮紅的爪痕，澪咬住下唇：

「快點，趁那個人還沒發現，我們快走。」

「澪……澪同學，那個……」

「妳要離開這裡，來我們家。」

不可。

美登利並非波鳥的監護人，什麼都不是。波鳥完全沒有理由非留在這裡不可。

「妳要監視我對吧？既然如此，跟我住在一起不是更方便嗎？妳叔叔不會反對的。就算反對，高良也會搞定的。我會叫他搞定——」

澪用力抓住波鳥的雙手：

「跟我一起走吧！」

波鳥一臉蒼白地看著澪，一次又一次微微搖頭：

「要是這麼做，我……我會被美登利阿姨……」

「只要妳離開這裡，她就沒辦法拿妳怎麼樣了。她又不是神。」

澪循循勸說，但一直受到美登利支配的波鳥似乎擺脫不了恐懼。

「波鳥，我因爲不想死，才會從長野來到京都。妳也離開這裡吧。」

「可是……我一定也會給澪同學您們添麻煩……」

「麻煩？有什麼麻煩大過自己的生命和健康？」

繼續留在這裡，波鳥的心會死透，身體也不可能安然無恙。她已經受了太多的傷了。

「霈。」

漣拎著一個紙袋過來了。

「我拜託剛才那個叔叔，請他拿來波鳥的課本和制服。有這些暫時就夠了吧。其他的行李，我們再來拿就行了。」

「漣兄……！」

「走吧。」

霈點點頭，拉起波鳥的手。

「波鳥？妳死去哪了，波鳥！」

美登利的聲音在屋內響起，波鳥的身體僵住了。

「妳眞的是——」

腳步聲靠近了。漣默默地打開玄關門，催促霈和波鳥。霈要波鳥穿好鞋子，強硬地拉她往外走。

她相信波鳥現在需要的，是堅定地把她帶出去的手。

「搞什麼，妳要去哪裡……！」

美登利出現在走廊盡頭了。澪帶著波鳥走出玄關，漣把門關上。「波鳥！等一下，妳給我……！」美登利的聲音變遠了。

「走吧！」

澪重新抓好波鳥的手，往前跑去。

波鳥緊緊地回握住澪的手。

番外篇　枯色櫻

○○○

番外編　枯色桜

「麻績、麻績，我可以拜託你一件事嗎？」

午後的大學校園裡，出流笑吟吟地跑來攀談，漣擺出臭到不能再臭的臉。

「……你怎麼還有臉來找我？」

「怎麼了嗎？」

上星期兩人才一道去了木澤村。回程路上，漣逼問為了刺探麻績的內情而親近他的出流。出流一逕閃躲，什麼名堂都問不出來，因此漣氣憤不已。到現在還沒氣消。

「我做錯了什麼嗎？」

出流一副沒事人的樣子。就是這種態度讓漣氣不過。

「不要靠近我，小心我踹你。」

「這不是對朋友的態度吧？麻績。」

「少給我裝朋友。」

「咦，我以為我們還是朋友啊。」

漣都想翻白眼了。

「你臉皮也太厚了。」

「會嗎？我跟你又不是利害衝突、彼此敵對。不管是因爲什麼契機變成朋友的，都無所謂吧？」

「才怪。」

「你也太拘泥形式了。我不受那些束縛。」

「這樣啊，那我們不合。再見。」

漣就要離開，出流連忙挽留他：

「抱歉抱歉，別拋棄我嘛，我是眞的遇到困難了，又沒有別人可以拜託。」

「……什麼事啦？」

漣就是會在這種時候心軟停下腳步，所以才會被吃得死死的。儘管有所自覺，但漣就是會姑且聽聽對方的說法。

出流露出微笑。

出流說要請他喝咖啡，兩人進入校內的咖啡廳，出流娓娓道來。

「上次聯誼，我認識了一個女生。」

聽到這裡，漣已經想走了。

「她是私大的一年級生，住在烏丸御池的公寓。公寓超豪華的，嚇了我一跳。她好像是北陸一戶舊家的千金小姐。」

「……然後呢？」

「欸，別那麼不感興趣的樣子。她說，一開始是有香的氣味。」

漣把對著窗外的視線拉回出流身上。出流臉上帶著笑。

「房間有香的味道。不是香水，是白檀或沉香那種味道。那個女生說她奶奶都會焚香，所以她聞得出來。但她自己不焚香，老家也沒有寄香給她。再說，她聞不出味道是從哪裡來的。她本來好像以為是鄰近住戶傳來的氣味……」

但開始感覺到房間裡有人。

「有人經過背後、出現在視線角落。本來以為只是心理作用，但某天她深夜回家，打開房門的瞬間，看見了。」

「看見什麼？」

「穿和服的幽靈。」

「……」

「喔，看你一臉懷疑。——那個女生的租屋處，一進去就是寬闊的玄關，然後是走廊，門裡是客廳，她看到有人站在客廳門前。因爲是晚上，屋子裡很暗，所以是藉著外面通道照進玄關裡的燈光瞥見一眼而已。等她打開玄關的燈時，人影已經不見了。瞥見的也只有腳的部分。那人穿著女人的和服，是淡茶色的……那叫什麼去了？顏色的名稱。總之，是茶褐底色，上面散布著白色櫻花圖案的和服。很素雅的和服呢。」

「等一下。」

漣抬起一手打住出流的話。

「你說得好像親眼看到一樣。」

「我看到啦。」出流理所當然地點點頭。「我不是說她深夜回家嗎？

就是聯誼那天晚上。因爲很晚了，所以我送她回去。結果那個女生尖叫一聲哭出來，我又搞不清楚狀況，眞是一團狼狽。」

漣心想「關我什麼事」，繼續聽下去。

「所以我仔細問了個清楚，她便提到剛才說的香那些，對我哭訴說她一直告訴自己是心理作用，但再也騙不下去了。我先設法安慰她，叫她男朋友來接她去過夜——沒錯，她已經有男朋友了。都有男友了，還參加什麼聯誼嘛。兩人還因爲這樣當場吵起來。明明跟我無關，眞是無妄之災。很莫名其妙對吧？」

「莫名其妙的是我。那結果是怎麼回事？」

「所以就是她住的地方鬧鬼啊。」

「所以呢？」

「她說要驅鬼。」

「叫你嗎？」

「不，我說麻績同學可能有辦法，她就說要拜託你。」

「喂。」

怎麼會變成這樣？漣按住太陽穴。

「你自己想辦法。」

「咦，我不要啦。要是我下海，以後就會有一堆這類鳥事找上門。會變成方便的工具人，還會被當成怪人，我絕對不要。」

「我的死活就無所謂嗎？」

「你不會有事啦。你家開神社的，而且你感覺很難開口對你拜託。」

「這跟神社無關吧？」

「不不不，有家裡的神社當後盾，感覺就天經地義啊。人家會覺得：啊，既然家裡開神社，會驅鬼也是天經地義。」

「才怪，聽你在胡扯。」

漣終於醒悟了。出流是絕對不能牽扯上的那類人。

——跟八尋叔叔是一路貨色。

「我已經答應她會想辦法了耶。人家很可憐耶，都怕到哭了。」

而且出流比八尋惡質多了。出流面露溫文儒雅的笑容，漣眞想朝他頭上一掌揮過去。

「——好吧。先不論驅鬼那些，我去她的住處看一下。但你要讓我揍一拳。」

「咦？一拳就行了嗎？麻績眞是太有良心了！」

漣在桌底下惡狠狠地踹了出流的小腿一腳。

出流遲到了一些，才出現在約好的地下鐵烏丸御池站。明明都遲到了，還走得慢條斯理。

「哎呀，抱歉抱歉，電車誤點了。」

「少扯那種一戳就破的謊。我也搭同一條地鐵過來的。」

漣吐槽都懶了。反正一定是花太多時間在打扮上吧。今天出流穿著米白色的襯衫配煙燻紫窄管褲。由於他五官端正，氣質出眾，因此很適合學院風格的穿搭。漣則是灰襯衫配黑長褲，被評爲「毫無季節感可言，雖然很有你的風格啦」。
「跟對方約在公寓前面對吧？在哪裡？」
「在烏丸大道上。很近。」
兩人走出地上，沿著烏丸大道往南走。這一帶可能是因爲有許多商辦大樓，散發出簡約無機質的氛圍。週日上午沒什麼行人，一片冷清。只有大馬路上往來的行車聲分外刺耳。
面對大馬路的大樓，就是那名女大生住的公寓。偌大的門廳前，站著一名年約二十上下的女子。就是那名女大生。
「滿梨華！」出流舉手招呼。
滿梨華顯得憔悴。眼睛底下冒出黑眼圈，無精打采，但深棕色的鬈髮光澤動人，撫摸髮絲的手指上，精緻地塗抹著米白色的法式指彩。身上的雪紡上衣和及膝的A字裙散發出清潔感，整體予人精心打扮的印象。
「謝謝你，出流。還有這位是……」
女大生望向漣。頂著長睫毛的眼睛濕潤閃亮。漣覺得是他不太欣賞的類型。

「這位就是我跟妳說的麻績同學，家裡開神社的。」

出流搶在漣開口前草率地介紹。

「我叫森下滿梨華。不好意思假日還讓你跑一趟。後來我就怕得不敢回家，一直住在朋友家。」

不是朋友，是男友吧？漣心想，但因爲不重要，沒有吭聲。三人搭電梯前往滿梨華在三樓的住處。

「森下同學，我有幾個問題……」

「叫我滿梨華就好。」滿梨華親暱地對開口的漣說。「麻績，你叫什麼名字？」

「……叫我『麻績』就好。」

「爲什麼？我不叫你的名字就是了，告訴我嘛。」

滿梨華明明剛才還那麼憔悴，現在卻精神都來了。

「我們家的祖訓，要我們不能隨便把名字告訴剛認識的人。」

「是喔……？神社都是這樣的嗎？」

「我不知道其他神社的規矩。」

「這樣啊。」滿梨華好像信了。「那，下次見面可以告訴我嗎？」

「有下次的話。」

「好期待！那，告訴我連絡方式吧？」

「妳可以連絡日下部。」

「我喔？」突然被指名，出流苦笑。

「出流，你下星期有空嗎？一起出去玩吧！」

「呃，是說女鬼怎麼辦？」

「不是今天要幫我驅鬼嗎？」

「要看麻績能不能成功吧。」

電梯抵達三樓了。結果漣沒向滿梨華問到想問的問題。他嘆了一口氣。

「我不敢開，可以幫我開嗎？」

滿梨華站在房門前，遞出鑰匙。漣用眼神催促出流，出流接過鑰匙。

出流隨手將鑰匙插進鎖孔，打開房門。滿梨華連忙後退，躲到漣的身後。漣從出流旁邊看進室內。上午的陽光射入，室內微亮。沒看到出流所說的幽靈。

「有……有什麼東西嗎？」

滿梨華緊貼在漣的背上。「沒有。」漣簡短回答，走進玄關。

「我進去了。」

「咦！等、等一下！」

漣毫不猶豫地進入室內，打開客廳的門。室內以灰色為基調，陳設意外地沉穩。窗邊並排著觀葉植物，牆上裝飾著掛毯。家具只有矮桌、沙發和抽屜櫃，隔壁好像是臥室。對學生來說，這公寓太高級了。

漣望向牆邊的抽屜櫃。有影子凝聚在那裡。黑色的蜃影如生物般搖晃著。是從其中一個抽屜漏出來的。

「那個抽屜裡面裝什麼？」

滿梨華站在玄關，沒有進去。出流也不肯進來。

「呃，手帕那些……」

「我可以打開嗎？」

這是女生的衣櫃，不好未經同意就直接說「我打開了」，他先徵詢了一下。滿梨華好像不打算自己過來開，在原地連點了幾下頭。

漣打開抽屜。一陣香氣撲鼻，同時黑色的蜃影滿溢而出。漣皺眉檢查抽屜裡面，找到一個小小的土人偶。大小約可盈握，是手裡拿著紅豆包的童子人偶。因爲是陶土製的，樣式樸素，但上了鮮艷的色彩。

「這是什麼？」

漣舉起人偶問，滿梨華說：「小時候我奶奶給我的，說是護身符。」

「護身符……」確實，人偶身上沒有黑色的蜃影。

「是伏見人偶。」出流出聲道。他總算脫了鞋，進到客廳來。

「伏見稻荷神社周邊在賣的東西吧。參拜客會買的伴手禮。那一帶以前好像有很多賣人偶的店。」

「我奶奶是京都人。她說那是她嫁進我家的時候帶來的嫁妝……啊，對了，那個抽屜裡還有我奶奶的懷紙包。」

「懷紙包……啊，這個嗎？」

漣在手帕深處發現縮緬布的懷紙包，拿了起來。他吃了一驚。上面纏附著黑色的蜃影，正自搖曳。這就是元凶。

懷紙包是淡茶色的縮緬布製成，底布上有著留白的櫻花花瓣圖案。

「噢，就是這個花樣！」出流喃喃說。「就是這個，女鬼的和服。」

「咦？什麼？」

聽不見出流喃喃自語的滿梨華訝異地問。

「妳說這個懷紙包是妳奶奶的？」

「咦？嗯，對啊。我奶奶三年前過世了。它本來是我奶奶的和服，在整理遺物的時候找到的，原本好像一直收著，聽說污漬很嚴重，已經不能穿了，可是質料很好，丟了可惜不是嗎？就算拿去賣，也值不了多少錢，所以拜託有往來的和服店的和裁師，挑了布料乾淨的部分，做成一些小物。」

「小物？意思是還有別的東西嗎？」

「有啊。是沒辦法做成和服腰帶，但做成了包包，還有另一個懷紙包，零頭布做了一個兔子娃娃。就像分送遺物那樣，給我媽和阿姨她們了。」

「她們那裡沒有鬧鬼嗎？」

「咦？我沒聽說這樣的事。」

「滿梨華，這個布料……」出流插口。「不就是上次看到的女鬼穿的和服圖案嗎？」

「我沒看到圖案。我嚇都嚇死了，根本沒細看。出流，你眼睛好利喔。」

「咦，可是妳不是說了什麼色嗎？」

「所以說，我沒看到圖案，只瞄到顏色啦。枯色——啊，對了，這麼說來，就是那個懷紙包的顏色呢。」

「對了，枯色，妳就是這麼說的。」

「我對傳統的色名不清楚，不過我奶奶說這種顏色叫枯色，所以就記起來了。」

滿梨華的聲音變得有些感傷：

「難道那個女鬼是我奶奶嗎？那是她心愛的和服，所以她才會出來？那也不用那麼害怕了呢。」

「不對……」

漣看著懷紙包。——這不是那種安全無害的東西。

纏繞其上的黑色蜃影又濕又重，讓懷紙包顯得異樣地沉甸甸。感覺手都濕了。

「之前都沒有發生過怪事吧？不管是妳家裡或是其他家人。」

「嗯。」滿梨華點點頭。「搬到這裡以後……啊，不對，是進入四月以後。開學典禮，開始上課，加入社團……啊，對了，是加入社團以後。」

漣先前就是想問這些。這現象是從什麼時候開始？是什麼情形？有沒有線索？等等。

「什麼社團？」

「網球社。我從國中就一直在打網球，雖然打得很爛。」

「在網球社有遇到什麼問題嗎？」

滿梨華一笑置之：「沒有啊，因爲才剛加入而已，跟大家的交情還沒深到會發生什麼問題。」

出流的身子動了動。漣往下望去。腳邊有陰影。不是漣等三人的影子。自己後面站著一個人。影子蠕動著，一點一滴滲透般逐漸擴大。

漣悄悄移動視線窺看後方。有一雙穿著白色布襪的腳。還有淡茶色──枯色和服的衣襬。上面散布著白色櫻花圖樣。

──還給我。

聲音響起。分辨不出來自何處。像是從牆壁傳來的，也像是在腦袋裡迴響。

聽起來像年輕女子的聲音。但聲音又低又啞，十分模糊，因此也無法確定。聲音很痛苦，就好像被掐住了脖子。

──還給我……

「……聽到『還給我』，妳心裡有數嗎？」

漣問，滿梨華用力蹙起一雙柳眉，好似覺得被冒犯了。

「蛤？才沒有呢。那是什麼意思？是說我偷了什麼東西嗎？是怎樣啦？」

滿梨華漲紅了臉，聲音顫抖。

「別生氣別生氣。」出流輕浮地安撫說。「我們也不懂是什麼意思啊。是女鬼這樣說的。」

滿梨華嘴角一抽，臉色發青。

「女、女鬼……？」

滿梨華的視線慢慢地往下移。可能是發現了站在漣和出流背後的腳，她連叫都叫不出來，當場腿軟坐了下去。

「啊，妳還好嗎？」出流想要靠近，她尖叫：「不要來！不要動！不要過來！」

「呃，我又不是鬼。」

「你後面的會跟來啦！」
滿梨華陷入恐慌了。出流一臉索然地把手插進口袋裡。
「我是覺得不會來啦……這應該不是多厲害的東西吧？」
後半句是對著漣說的。
「還不清楚。」
「你眞是步步爲營。」
「我受的訓練就是這樣。你們家不是嗎？」
「有流派之分嗎？我家的作風倒是滿粗魯的。啊，我可不是喔。」
「……嗯，確實很粗魯……」
漣想起木澤村發生的事。——這小子拿著矛亂揮。
「呃，所以說我不粗魯啦。如果你要穩紮穩打地來，我也不反對啊。」
漣嘆了口氣：
「我要穩紮穩打。」
「瞭解。」

出流轉向滿梨華，露出柔和的微笑：

「滿梨華，不好意思，下星期不能跟妳出去玩了。」

當晚漣前往八尋的房間。

「難得你會來找我，怎麼啦？」

八尋剛洗完澡，頂著一頭濕髮，一身休閒服，正在抽菸。腿上睡著一隻白狐。原以為是職神松風，但八尋摸著白狐的背說「是村雨」。白狐的耳朵抽動了幾下。

「上次在木澤村把祂叫出來，結果不曉得跑哪去了。祂有時會這樣，所以很難管。今天總算回來了。」

「……要是不回來，要怎麼辦？」

「會回來的。祂是我的職神嘛。只是不曉得啥時才會回來，傷腦筋。」

八尋回應以不算答案的回答，笑了。淡煙輕輕搖晃。八尋在澪和玉青面前幾乎不抽菸，但對漣就無所謂。

「你不是要戒菸嗎？」
「有嗎？」
「我聽澪說的。」
「喔，從明天開始。」
八尋這種不把人當回事的態度，漣覺得很討厭。他覺得出流比八尋還要惡質，但八尋比出流更難捉摸，漣是否惡質都看不出來。從小學的時候第一次遇到八尋，他就是這副德行。
「那，怎麼啦？有事要拜託我嗎？」
「爲什麼你這麼覺得？」
「否則你不會特地來找我吧？」
八尋的方言與關西腔似是而非，漣有時會摸不太準他的意思。
「……因爲一些原因，認識的人委託我祓除邪靈。」
「天哪，『認識的人委託』，這是最麻煩的狀況吶。」
漣也這麼認爲。除非有天大的理由，他無論如何都想避免。出流的笑容浮現腦海，他一陣煩躁。

「有個女生，家裡是北陸的舊家——」

漣說出從出流那裡聽到的內容，以及今天經歷的狀況。八尋只是隨口應聲，邊抽菸邊聽。

「你是對的。」

聽完後，八尋第一句話這麼說。

「什麼是對的？」

「我說應對的方法。當然要穩紮穩打。這個案子感覺很棘手。最好收錢。」

「很棘手嗎……？」

得到八尋肯定他的做法，漣稍微放下心來。

「那個女生的祖母是京都人，八成是伏見人吧。鬧鬼的原因是用祖母遺物的和服做成的懷紙包，但是在來到京都以前，都不曾發生這種狀況，其他收到遺物的親戚也沒有遇到怪事。首先這一點就啓人疑竇。」

漣有同感。他點了點頭。

「然後，疑似附在懷紙包上的幽靈，應該不是那個女生的祖母。但那明明是用祖母的和服做的，這也讓人不解。」

漣再次點頭。「還給我」是什麼意思，也令人介意。

「還有那個女大生。這是蟲師的直覺，我覺得她很危險。我不認識她，所以不敢斷定，但那個女生感覺是個麻煩製造者。她已經把無關的你給扯進去了。」

這一點漣也同意，漣認定滿梨華是自己討厭的類型，理由也在這裡。因此元凶也有可能在滿梨華的身邊。關於這部分，出流已經去調查了。

「如果是詛咒就麻煩了，最好仔細詳查。要是知道她祖母的娘家在哪裡就更好了。」

「聽說是在伏見的中書島那一帶，但現在已經沒了，跟那邊的親戚好像也沒有往來了。」

「唔……沒了啊。」

「但知道舊姓，所以我想去中書島調查看看。」
「我也問一下我朋友。雖然不保證能查到什麼。」
八尋在從事蟲師之餘，在民俗學方面也讀到了博士課程，因此認識許多舊家望族和大學教師。
「麻煩你了。」
「嗯。」八尋輕鬆地應道。
漣併攏雙膝，低頭行禮：
「謝謝你的建議。」
「哈哈，你也太拘謹了。這點小事，不算什麼啦。」
「不，禮不可廢。」
八尋吐出一口煙，輕笑了一下：
「你這話等於是在說『少跟我沒禮貌』。」
漣默默地離開八尋的房間了。
——就是愛把這種事挑明了說，所以才討厭。

隔週的星期天，漣預定上午和出流一起去伏見。他換好衣服前往盥洗室，遇到了波鳥。波鳥嚇了一跳，只招呼了一句「早……早安」，就逃也似地跑掉了。漣老是覺得她的反應就像剛被收編的野狗，戰戰兢兢，一副「我眞的可以在這裡嗎？」的表情。

波鳥來到紅莊的隔天，青海上門來，鄭重地致意並道謝後，辦了租屋手續。波鳥正式成為紅莊的房客了。

漣正在洗臉，澪睡眼惺忪地過來了。她還穿著睡衣。

「妳啊，至少也換個衣服再來吧。」

「嗯……今天又不用上學……」

澪呆呆地回應。不行。還沒醒來。澪早上總是很難醒。

半睡半醒的澪連頭髮也沒紮就直接洗臉，因此搞得髮梢都濕了。漣是會計較這種事的人，但澪不在太意。她對打扮自己也沒興趣，似乎覺得只要乾淨整潔就夠了。

「妳不是說今天要跟朋友出門？」

「啊，嗯，對。」澪拿毛巾擦著臉，似乎總算清醒地說。「我要跟茉奈和波鳥去買東西。買春天的衣服。」

「咦，妳也會去買衣服？眞難得。」

「茉奈說想幫波鳥挑衣服。波鳥好像本來就沒幾件便服。」

青海幫忙把波鳥的物品送過來，但量非常少，幾乎沒什麼像樣的私人物品。

「都是那個可怕的大嬸害的吧。不過錢是青海先生在管理，所以不缺的樣子。所以我們決定一起去買東西……」

「是喔？有那個叫茉奈的同學眞是太好了。妳的話，根本不會想到那麼多吧。」

「是啊。」還以爲澪會反駁，沒想到她順從地點頭同意。「茉奈就是這麼貼心的女生。我轉校過來的時候，也是她特別關照我。」

她眞的是個好女生——澪頻頻點頭。

「啊，漣兄也見過一次茉奈啊。也不算見，喏，上次她來這裡玩不是嗎？」

「哦……」漣依稀有印象。是在澪的房間看到的女生。雖然長相記不清楚了。

「下次她來玩，你要好好跟人家打招呼喔。」

澪神氣地說完，離開盥洗室。澪會怕生，而且不擅長與人交際。原本擔心她轉學過來是否有辦法適應，但意外地似乎過得不錯。漣一方面放心，另一方面卻也感到一絲寂寞。

——小時候非要我拉著手才敢往前走的小丫頭，現在……

總覺得自己突然上了年紀，漣望向鏡中的自己。

漣和出流約在出町柳站，但他篤定出流一定又會遲到，打算去附近散散步再來。然而出乎意料，出流先到了。

「上回遲到了，所以這次提早出門了。我是個知錯能改的男子漢。」

「根本一開始別遲到就好了吧？」

兩人乘上京阪電車，前往丹波橋站。滿梨華的祖母娘家所在的中書島在丹波橋更過去的地方，但兩人今天的目的地不是那裡。靠著八尋的門路，伏見一戶舊家的人願意和他們談談。聽說那個人應該認識滿梨華的祖母。

「人生最值得結交的，就是有人脈的前輩呢。」

上午的電車人不多。距離丹波橋站的車程不遠，因此兩人都站在車門附近。

「人脈對蠱師很重要的。八尋先生很優秀吧。」

「……我認爲他很聰明。」

雖然漣對八尋敬而遠之，但這是兩碼子事，事後應該得好好向他道個謝。買個糕點禮盒送他嗎？漣盤算著，望向車窗。因爲是特急電車，來不及悠閒欣賞，景色一下子就被甩到後方了。

「說到滿梨華……」

出流也對著車窗，神情有些愉快地微笑著。

「她是『社破』呢。」

「櫻花[21]？」

「你的反應還眞是不出所料。是社團破壞者啦。就是會在社團搞戀愛，把社團人際關係弄得一團亂的女生。」

「是喔……？」漣無法想像那是怎樣的情形。「就像三角戀情嗎……？」

「唔……嗯，比那更恐怖好幾倍吧。她入學不到一個月，已經在社團跟系上跟一堆男生搞在一起了。從某個意義來說很厲害。」

「是喔？」

「你稍微表示一點興趣好嗎？我可是費了好一番工夫才打聽到這些的。男生跟我哭訴、女生向我訴苦，我還被當成滿梨華的男人之一，差點挨

註

21：社團破壞者（サークルクラッシャー／Circle Crusher，和製英文）的日文簡稱爲SAAKURA，與櫻花（SAKURA）音近。

湊。」

「……那，她也有可能是因爲這些事而被詛咒嗎？」

「有可能吧。她應該也不是上大學以後才這樣的，或許是在故鄉就被人詛咒了。」

「這麼嚴重的話，我可沒辦法當免費義工了。」

「咦，我打算跟滿梨華收酬勞啊。」

「我可沒聽說。」

「忘記跟你說了。」

漣懷疑出流是不是原本打算一個人暗槓。

「酬勞對分吧。金額我來談。」

總覺得被出流給利用了。漣嘆了一口氣，這時電車駛入丹波橋站的月台了。

伏見一帶，從平安京時代就是京都的南玄關。

東邊有醍醐山地，中央則是東山、桃山丘陵綿延。這些山地的西邊山腳都呈現廣大的沖積扇地形，自古以來的聚落幾乎都集中在此。伏見在水陸上亦是交通要衝，天皇在此興建陵寢，豐臣秀吉則在此築城。豐臣秀吉興建的伏見城在大坂之陣以後地位不再重要，因此德川家光被任命爲將軍後，它便成了廢城。現今看到的伏見城是後世復原的城堡。據說廢城以後，城址一帶荒廢了好一段時間。十七世紀後半，該地植起了桃林，因此到了桃花時節，便有大批賞花客遠道而來。

伏見區南部的宇治川沿岸多爲低濕地，過去池沼連綿，但現在已幾乎全數塡平。中書島位於宇治川北岸，被河川所圍繞。相反地，漣和出流正要前往的桃山一帶是山丘，因此地勢很高。這是個高低差劇烈的地區。

兩人朝著伏見城登上坡道，漣斷斷續續地說明這些。是八尋傳授給他的知識。

「這裡有河，也有官道，從交通之便，就看得出過去一定很繁榮。」

出流仰望著城堡說。「我們現在要去的是誰家去了？」

「柴田家。聽說從江戶時代就在伏見經營蔬果鋪。是薩摩藩伏見大宅的御用蔬果商。」

「是喔？可是這一帶跟中書島是不是有點遠？說近也算近，但一邊是城下町[22]的中心地區，一邊是伏見郊區吧？又不是鄰居，柴田家是怎麼認識滿梨華的祖母的？」

「就是現在要去打聽啊。」

柴田家位在略高的丘陵地途中，房屋坐落在高聳的圍牆裡。周邊也有許多占地寬廣的大宅子。迎接兩人的是一位性情閒適、上了年紀的男子。看上去年近七十。往後梳攏的頭髮已經半白，但髮量豐盈，長相和舉止都很溫和大方。

「兩位的來意，我從麻生田先生那裡聽說了。兩位在調查中書島的鄉土史是嗎？」

好像編了這樣的藉口。漣只是行禮說：「麻煩您了。」

「伏見是東海道的驛站，因此也是繁華的花街，在當時設有遊廓[23]，撞木町、稻荷中之町、深草墨染，還有中書島都是。從江戶時代中期到後期，聽說撞木町的遊廓有多達上百個名花。中書島有超過三十間的茶屋[24]，有七十個茶立女[25]。其他地方加一加，數量相當可觀，當時肯定熱鬧非凡吧。但戰後遊廓遭到廢除，花街日漸蕭條了。只留下幾家的茶屋也關掉很久了。大橋幸惠女士以前就是在那裡的茶屋當藝妓……」

說到重點了。大橋幸惠就是滿梨華的祖母。

「我聽麻生田先生說，你們認識幸惠女士？所以才想知道她在中書島時的事。」

註22：城下町是以城堡爲中心發達的城市。

註23：遊廓是日本古時官方允許經營特種行業的地區。也稱遊郭、遊里。

註24：茶屋是江戶時代供尋芳客叫妓女陪侍的地方。

註25：茶立女是江戶時代受雇於茶屋爲客人斟酒服務的女子，實際上爲妓女。

「是的。」雖然不清楚八尋是怎麼說明的，但漣不動聲色地點點頭。

「幸惠女士在茶屋關掉以後，有陣子在咖啡廳當女侍。哦，跟她親近的不是我，是家父，家父從她還是藝妓的時候就是她的恩客，很照顧她。咖啡廳的工作也是家父介紹的。」

不是什麼羅曼蒂克的關係喔——柴田莫名害臊地笑道。

「幸惠女士大概比我大個十歲吧。但看在我的眼裡，她也是個大美人。有她的照片，要看嗎？」

柴田話剛說完，便以超乎年齡的敏捷動作起身離席。片刻後回來時，手上拿了幾張照片。

「幸惠女士就是這位。這是她當藝妓時的照片。」

照片上的女子生了張鵝蛋臉，有著一雙明眸杏眼，氣質嬌柔。一張穿著洋裝，站在像咖啡廳的店前，兩張穿和服，其中一張是正式的黑色禮服藝妓裝扮。

「這件和服……」

漣拿起不是藝妓裝扮的那張照片。影中人是兩名女子，左側的女子穿著櫻花圖案的和服。因爲是黑白照，看不出顏色，但圖樣他有印象。就是做成那個懷紙包的和服。

「這位女士是誰？」

穿著那件和服的並非幸惠。幸惠站在旁邊，一身扇子圖案的小紋和服。

「哦，這位也是藝妓，是幸惠女士的同事。叫什麼名字去了呢？背面是不是有寫？」

漣翻過照片。「幸惠」二字旁邊，寫著「悅子」。

「對對對，悅子女士。姓什麼忘記了。大家都叫她小悅。」

「好搶眼的小姐啊。」出流出聲說。如同他說的，悅子五官分明，長相華美。

「是華麗系的美女對吧？幸惠女士是溫婉的古典美女，所以剛好呈現對比。她們的個性也和外貌一樣呢。」

「也就是說，幸惠女士比較內向，悅子女士外向活潑嗎？」

「也不是活潑……她滿自我中心的，有點任性。不過做的是服務業，說任性，也是撒嬌程度的任性啦。像是跟客人討禮物、要求請吃飯。也有人說她這樣的地方很可愛。」

「哦，手段很厲害是嗎？」

「不不不，更要自然大方，一點都不做作。可是嗯，悅子和藝妓同事似乎處得不太好。什麼搶別人的恩客啊、借了東西不還啊，經常起糾紛。跟幸惠女士好像也爲了什麼事吵過……對了，就是爲了那件和服。」

柴田指著照片說。

「那件和服應該是幸惠女士的。悅子女士不曉得爲了什麼事跟她借去穿，卻借了不還，讓幸惠女士很爲難。是拍這張照片的時候借的嗎？是有什麼活動還是祭典嗎？幸惠女士說那是故世的母親留給她的和服，不想借，但悅子女士硬是借走了。幸惠女士個性懦弱，沒辦法說不，也就讓她借了。」

「……結果和服就這樣一去不回了嗎？」

漣的腦中響起幽靈的聲音：「還給我。」

「後來怎麼了呢？東西只要到了悅子女士手裡，就會變成她的嘛。不管是別人的恩客還是什麼。」

「天哪……」出流面露苦笑。

「但她也不是故意使壞，這一點反而讓我覺得可怕呢。她完全不在乎，就算跟人鬧翻，過個一星期，就好像沒這件事一樣，又跑來跟你說話，與其說是不計較……」

柴田支吾了一下，像在思索該怎麼說。

「沒有傷了別人的自覺？」漣說。

「對，就是那樣。她就是這種人。對別人的感受很遲鈍，或者說完全不會去想像。雖然她活潑開朗，不是個壞人啦。」

——這種人會在自己沒發現的情況下樹敵招怨。

漣想像過去應該圍繞在悅子周邊的各種情感。

「茶屋關掉以後，她後來怎麼了？」出流問。

「喔，好像去吧台酒吧[26]上班，後來肺炎過世了。是感冒惡化。就算是感冒，要是掉以輕心，後果也不堪設想的。」

明明還那麼年輕說——柴田嘆了口氣。接著想起什麼似地，「啊」了一聲抬頭。

「對了，和服。和服就是那時候找到的。」

「咦？」

「悅子女士過世，得處理她的遺物，整理衣櫃的時候發現那件和服，幸惠女士就拿回去了。對了，我想起來了。因為是借的人過世了衣服才回來，幸惠女士一定也覺得有些疙瘩吧。那時候幸惠女士因為結婚，要離開伏見了，所以能在那之前拿回和服，眞是太好了。」

「結婚——是和北陸的人結婚嗎？」

「對，男方是北陸舊家的大少爺。聽說原本在幸惠女士上班的咖啡廳附近租房子，對幸惠女士一見傾心。大家都說幸惠女士釣到金龜婿了，一起幫她慶祝了一下。」

「悅子女士也參加了嗎？」

「嗯？哦，悅子女士……她有來嗎？慶祝會是在咖啡廳辦的，她那時候有去嗎？不記得了。」

「這樣啊。」漣說，盯著照片。照片裡的悅子笑容滿面，幸惠卻笑得有些生硬。從照片看不出其中有著怎樣的感情。

幸惠和悅子的事這樣就結束了，接下來柴田說起中書島的歷史。由於名目上是以這個理由來訪，因此也不能說「不用了」，聽完的時候，都已經中午了。柴田留他們吃便飯，漣和出流謝絕，辭別柴田家。

「現在中書島已經看不出過去遊廓的樣貌了，不過你們可以去看看。」

柴田建議說，兩人心想既然都來到這裡了，在伏見桃山站前吃過烏龍麵後，便順道去了中書島。

註 26：吧台酒吧（日文爲和製英文 Stand Bar），爲裝潢簡單的西式小酒家。多有女侍陪客。

兩人沿著商店街往河邊前進。說到伏見就是美酒，而當地也如同這個印象，釀酒廠的廠房、傳統酒藏等櫛比鱗次。但漣和出流都還是未成年，連試飲都沒辦法。

車站附近有家老字號和菓子鋪，漣打算回程時來這裡買個伴手禮，經過濠川，就來到了中書島。東柳町、西柳町一帶，似乎就是中書島。

這是被河流圍繞的地區，漫步街頭，有許多居酒屋，所以白天沒有營業。這裡也是住宅區，十分清閒。老商家不少，也因爲巷弄狹窄，充滿了懷舊的氛圍。

「結果那個女鬼是哪一邊？是幸惠還是悅子？我沒看到女鬼的臉。」出流說。

「我也沒看到臉。」

「再去滿梨華住的地方看一次就知道了。那應該不是跟滿梨華有關的詛咒，而是幸惠或悅子的幽靈附在上面吧？」

「應該吧。」

「那樣的話，是哪一個都無所謂呢。很簡單，把那個女鬼祓除就行了。」

「嗯。」

沒錯。牽扯到詛咒，事情就會很棘手，但如果只是幽靈附在物體上，就不是什麼複雜的事了。除非是執念極深的怨靈。

「和服容易留下妄執，我不喜歡吶。」

出流吁了一口氣說。也許他以前也遇到過跟和服有關的案子。

「那，現在要怎麼辦？直接去滿梨華住的地方嗎？還是另外找時間？」

「另外找時間也麻煩，直接——」

漣忽然煞住了腳步。因爲忽然有股清甜的薰香味飄了過來。這味道他有印象。四下張望，窄巷盡頭有個和服女子晃了過去。是那件枯色底灑櫻花的和服。

「……是在挑釁吶。」漣說。

「咦？」

漣尋思了一下，叫了其中一個職神：「朧。」朧是狼形職神。

「追上去。」

漣指著巷子簡短地命令。朧抽動了幾下鼻子，似乎在嗅聞殘香，接著往前奔去，一口氣穿過巷子。漣尾隨上去，出流也跟了上來。

來到了全是老舊小吃店的一角。沒有半個人影，只有漣和出流的腳步聲迴響。漣跟著朧在盡頭處左轉，發現正要在更前方的路口轉彎的朧。

「剛吃完飯就跑步很難受耶。」

出流抗議，但漣不理他，繼續往前跑。拐過窄巷轉角，成排老房子的深處是死巷，一片陰暗。宛如坐落在陰影中的那處死巷裡，站著一名身穿枯色和服的女子。腰部以上呈黑影，看不見。只有白色布襪和白色的櫻花花瓣一清二楚地浮現出來。

朧站在女子前方，壓低了頭，擺出隨時要撲上去的姿勢。漣慢慢地走近。和服女子的身影逐漸變得清晰。

漣停步了。雖然看見女子的上半身了，但那張臉扭曲且被挖空，眼鼻等一切的形狀都不清不楚。女子頂著看不出是誰的臉，開口：

「還給我。」

聲音破裂迴盪。不是人類的聲音，卻感覺是女人的聲音。

「還給我……」

女子雙手前伸，手指抓著空中，豎起尖爪。五指各別蠕動著，看起來就像蟲子的腳。

——啊，原來。

「不是一個人。」漣喃喃道。「是集合體。」

「哦，原來如此。」站在旁邊的出流恍然道。「是這麼回事啊。」

眼前的這名女子，是悅子的死靈，也是幸惠的執念、其他女子的怨恨。

「和滿梨華有關的情感也混雜其中嗎？」出流說。

「以那個懷紙包爲媒介，聚集而來了。」

幸惠想要取回和服，而悅子不想歸還已經到手的和服，這些怨恨即使死了也一樣。

而滿梨華是則在本人毫無自覺的情況下，集各種怨恨於一身。

「幸惠應該依稀感覺到拿回來的和服上有悅子的執念吧。所以才放了伏見人偶當護身符。」漣說。

「和服上積滿了執念嘛。自己紅顏薄命，對方卻嫁給了金龜婿。這樣的和服，其實幸惠也不想要回來了吧。」

但和服是母親的遺物，實在是割捨不下吧。

「滿梨華來到京都以後，幽靈才開始現身，是因爲……」出流說。

「有什麼契機吧。森下是不是來過伏見？爲了社團活動或是觀光。結果帶了悅子的死靈回去。」

「這要問一下才知道，但現在沒空問這些呢。」

女子的腳往前挪動了。以腳擦地，慢慢地朝這裡走過來。

「聚集成一個，反而方便……但發動攻擊，會不會散開啊？」

「大概會。——凪。」

漣召喚另一隻狼的職神。狼無聲無息地現身腳邊。

「散開的你來解決。」

「那不是我比較麻煩嗎？」

漣不理會出流的抗議，命令兩隻職神：「上！」

兩隻職神撲向女子。虱咬斷她的咽喉，朧撕下她的大腿。黑色的蜃影噴發開來，朝外四散，女子的咆哮聲震動四下。四散的黑色蜃影被白色的風貫穿了。是白鷺。五、六隻白鷺在空中飛舞，逐一擊碎蜃影。視野被一片白色的羽毛覆蓋，近乎刺眼。漣瞇起了眼睛。

漣讓狼、出流讓白鷺退下時，那裡已經空無一物了。沒有半絲蜃影。

「有兩個人就可以分頭擊破，輕鬆多了呢。」出流笑道。「咱們要不要來搭檔？」

漣沒回應這話，只說：「你連絡森下吧。」

但出流還沒打電話，滿梨華就先打來了。

「欸，那個懷紙包突然自己破掉了耶！」

細一問才知道，滿梨華根本沒有把懷紙包帶出門，它卻在不知不覺間跑進皮包裡，不管放回去多少次，又會自己跑回皮包裡。然而就在上一刻，突然傳出一道靜電般的聲音，她打開皮包查看，發現懷紙包變得破破爛爛了。

「我正想連絡妳呢。附在那上面的東西已經解決了。」

「什麼意思？成功除靈了是嗎？」

「唔，就是這樣。——滿梨華，妳來過伏見嗎？中書島一帶。」

「咦？啊……有喔，我去伏見稻荷參拜，還去了酒藏。跟社團學長姊一起。然後去中書島吃飯。」

「原來如此。」

這就是導火線吧。

「欸，這怎麼辦啊？懷紙包是我奶奶的遺物耶。」

「我哪知道怎麼辦……這沒辦法啊。」

「什麼意思？早知道會這樣，就不拜託你了！討厭！」

電話掛斷了。出流盯著暗掉的螢幕。

「……你不是要談判酬勞嗎？」漣說。

「你還想繼續跟這個女生扯上關係嗎？」出流指著手機說。
漣默默搖頭。
「說到組搭檔……」
爲了買伴手禮，兩人折回伏見桃山站，漣開口說道。
「別說組搭檔了，我跟你利害根本不一致。」
「咦？你不是也想打倒千年蠱嗎？」
「我和澪是想要袚除千年蠱，解開詛咒。但你們只要打倒現在的千年蠱，也就是打倒凪高良就好了吧？根本上完全不同。」
「咦……是這樣啊。」
出流露出莫測高深、看不出到底懂不懂的表情，只是跟在旁邊走。
「而且如果澪礙了你的事，你打算把澪也一起除掉對吧？澪可是告訴我了。居然還有臉說什麼你是我朋友、要跟我搭檔，這到底是哪門子思考回路？」

「哈哈。」

出流回以笑聲，漣大皺眉頭。每次講到重點，出流總是顧左右而言他。令人煩躁。

「什麼思考回路喔……。我倒是覺得跟你當朋友，和盡自己的職責之間並沒有衝突啊。這不是兩碼子事嗎？」

「……是同一回事吧……」

「是嗎？是喔。那，我會以我們的友誼為優先。我保證。」

出流微笑，漣滿腹狐疑地看他。完全弄不懂他在打什麼主意。

「而且我也不是充滿使命感。唔，一族的職責，多少還是要盡一下啦。那些真的很麻煩。」

「………」

「我會遵守諾言的。」

出流停下腳步，看著漣的眼睛這麼說。

「……我可不跟你搭檔。」

「好、好。要是有什麼事，再拜託你啦。」

「敬謝不敏。」

出流笑了，繼續往前走。漣嘆了一口氣，跟了上去。

在叡山電鐵的一乘寺站和出流道別後，漣下了電車。出流在松崎的東邊租屋，他說下一站的修學院站比較近。

走在前往紅莊的坡道上，漣在前方發現熟悉的身影。是澪和波鳥。澪穿著黑色上衣和牛仔褲，波鳥穿連身洋裝。波鳥的衣服和早上看到的不一樣。澪發現漣，停下腳步揮手。漣加快腳步。

「妳們剛回來？」

「嗯，去買東西。波鳥穿的是新買的衣服。」

「哦，難怪……」

「很可愛對吧？波鳥很適合這種風格。」

連身洋裝是白色喬其紗，上面印著細碎的花鳥圖案。領子是輕飄飄的荷

葉邊，袖子則是公主袖

漣點點頭：「很適合。」

波鳥似乎不習慣被稱讚，聞言羞紅了臉。

「妳也買了嗎？」

「我忙著幫波鳥挑衣服，自己沒買。」

漣就猜八成如此。

「漣兄，那是什麼？點心嗎？」

澪看向漣拎在手裡的紙袋。

「酒饅頭。妳要吃吧？」

「當然了！」澪用力點點頭。

——澪這些地方，就跟以前一樣呢……

「漣兄，這給你拿。是波鳥的衣服。衣服還滿重的呢，提得我累死了。」

澪把自己和波鳥手中的紙袋塞給漣，拿過漣手中的酒饅頭紙袋。

「妳啊……」

澪拉起波鳥的手，輕快地爬上坡道。漣兩手提著紙袋，跟在後面。櫻花季節早已過去，新綠耀眼動人。深吸一口氣，是鮮活的生命氣味。

PL00123

京都紅莊奇譚 卷二　在春季詛咒，愛情消逝

作　者—白川紺子
譯　者—王華懋
編　輯—黃煜智
行銷企劃—林昱豪
校　對—魏秋綢
封面設計—魚展設計
內文排版—陳姿伃
副總編輯—羅珊珊
總 編 輯—胡金倫
董 事 長—趙政岷
出 版 者—時報文化出版企業股份有限公司
108019 台北市和平西路三段二四〇號四樓
發行專線／（02）2306-6842
讀者服務專線／0800-231-705、（02）2304-7103
讀者服務傳真／（02）2304-6858
郵撥／1934-4724 時報文化出版公司
信箱／108019 臺北華江橋郵局第 99 號信箱
時報悅讀網—www.readingtimes.com.tw
電子郵件信箱—ctliving@readingtimes.com.tw
思潮線臉書—https://www.facebook.com/trendage
法律顧問—理律法律事務所 陳長文律師、李念祖律師
印　刷—綋億印刷有限公司
初版一刷—二〇二五年五月九日
定　價—新台幣四五〇元

時報文化出版公司成立於一九七五年，
並於一九九九年股票上櫃公開發行，於二〇〇八年脫離中時集團非屬旺中，
以「尊重智慧與創意的文化事業」爲信念。

京都紅莊奇譚．卷二，在春季詛咒，愛情消逝
「京都くれなゐ荘奇譚（二） 春に呪えば恋は逝く」
/ 白川紺子著；王華懋譯．-- 初版．-- 臺北市：時報文化出版企業股份有限公司，2025.05
304 面；14.8*21 公分．
譯自：京都くれなゐ荘奇譚．2，春に呪えば恋は逝く
ISBN 978-626-419-355-9(平裝)

861.57　　114002989

KYOTO KURENAISO KITAN ②

Illustrations by Gemi
First original Japanese edition published by PHP Institute, Inc., Japan.
Traditional Chinese translation rights arranged with PHP Institute, Inc., Tokyo
in care of Japan UNI Agency, Inc. Tokyo

ISBN 978-626-419-355-9
Printed in Taiwan